王彦艳　马国兴　主编

风铃鸟系列美文读物

一贴灵中药铺

文心出版社

·郑州·

图书在版编目（CIP）数据

一贴灵中药铺 / 王彦艳，马国兴主编 . — 郑州 ：
文心出版社，2016. 5
ISBN 978 - 7 - 5510 - 0866 - 2

Ⅰ. ①—… Ⅱ. ①王… ②马… Ⅲ. ①小小说 - 小说
集 - 中国 - 当代 Ⅳ. ①I247. 8

中国版本图书馆 CIP 数据核字（2016）第 055169 号

出版社 : 文心出版社
（地址 : 郑州市经五路 66 号　　　邮政编码 :450002）
发行单位 : 全国新华书店
承印单位 : 北京龙跃印务有限公司
开本 :700 毫米 × 960 毫米　　　1 / 16
印张 :12
字数 :150 千字　　　　　　　印数 :1 - 5 000 册
版次 :2016 年 5 月第 1 版　　　印次 :2016 年 5 月第 1 次印刷

书号 : ISBN 978 - 7 - 5510 - 0866 - 2　　　定价 :22. 60 元

目录

Contents

人与本草（系列）

○谢宗玉

苍耳子

药用：具有散风、止痛、杀虫功能。主治风寒头痛、四肢挛痛、瘙痒。

苍耳子生长在瑶村的山野里。

苍耳子生长在安仁的山野里。

苍耳子生长在湖南的山野里。苍耳子长得到处都是。

苍耳子是什么？就是样子长得像野艾蒿，结的果实却是小刺球的那种植物。

矮矮小小的植株，散漫地长在瑶村的水洼旁、野草丛、山坡上，实在不怎么起眼。甚至连它的花也是小小的碎碎的粉粉的，附在株秆上，一点美感都没有。如果不是它的卵形刺球果实，苍耳子真的会从我们的记忆里消失。

你不知道，苍耳子小小的刺球有多可爱啊！它差一点囊括了我们童年时的全部快乐，我们那么多爽朗的笑声全是苍耳子给惹出来的。

一队小朋友，走在七月的山路上。后面的人开始发笑，中间的人开始发笑，前面的人开始发笑，大家咯吱咯吱地笑得花枝乱颤，笑得前仰后翻。走在最最前面的那个人却浑然不觉，还要一脸狐疑地望着我们。我们就笑得更凶了。直到我们把苍耳子沾满了他的头发，沾满了他的后背，沾满了他的全身，他才恍然大悟，追着我们又骂又打。可身后所有的人都是恶作剧者，他能追上谁呀！我们四散开来，留下他啼笑皆非站在那里，自己捉自己后背上的刺球。那狼狈的样子，就好像小狗儿自己绕着自己的尾巴咬。

小小的苍耳子，真是个奇怪的东西，像刺猬一样长那么多刺，又轻灵得要命，小巧得要命，远远地抛出去，随便就把人的头发沾住了，把人的衣裳沾住了，却让人一点也不知晓。你笑吧笑吧，捂着嘴巴笑吧，等你还没笑够，前面的人会反过来指着你笑。原来你也被自己后面的人算计了，你身上的刺球一点也不比前面的人少。然后你就开始追你身后的人。然后你身后的人也跟着追他身后的人……

然后一队放学回家的小孩子，突然纷纷掉头朝后跑。让村庄里的大人远远看着，莫名其妙。

快乐其实来源于多简单的事物啊！就这么一些个小小刺球，让秋季里上学和散学的山路上一直充满了欢快的笑声。那么些年来，我们一直用苍耳子打仗，偷袭，欺负女生。让她们把爱哭的毛病发挥到极致。我仍然记得"哭脓包"海燕，她几乎每天都是沾着一头苍耳子回家的。其实如果她不哭，我们往她头上扔了一回二回就不会再扔了，可她一直哭。她一直哭，我们就一直扔。扔得她娘天天咒天咒地地骂我们；扔得她爹天天气急败坏地骂她，骂她卵用都没有，谁扔她苍耳子，她扔谁就是了，屁大的事情，也要每天哭哭啼啼。

如果说苍耳子给我们那一茬孩童带来了无穷的快乐，那么"哭脓包"海燕得除外。苍耳子唯独把海燕深深地伤害了。

长大了的海燕，离开瑶村，长期在外漂泊。有一回我与她在回瑶村的路上遇见了，我笑吟吟地跟她打招呼，她却给了我一个幽怨的白

眼。那一刻我才知道,海燕一直没有原谅我们。苍耳子给我童年的快乐,顿时打了一个很大的折扣。

苍耳子伤害的其实不单是海燕一个人。苍耳子把我的语文老师也伤害了。高中时,我在安仁县城读书,语文老师跟一个有夫之妇相爱。他们每个周末跑到郊外游玩,除了游玩也许还干点其他什么。开始我们并不知道,后来是苍耳子泄了密。苍耳子沾在他们的身上,沾在他们的头发里,他们不小心把苍耳子带到了城里。注意他们的人就发现了他们的秘密。然后那女子的小叔子带着一班人去郊外捉奸。捉住了,把我语文老师打得半死。再然后女子的丈夫从广州回来,跟她离了婚。我们都以为那女子总算可以跟我们的语文老师在一起了。可离婚之后,那女子就远走他乡,并且再也没有回来过。也许她恨透了长有苍耳子的地方?十多年过去了,听说我的语文老师到现在都还没结婚。也许他不会在有苍耳子的地方结婚? 谁知道呢。

但别人恨苍耳子是别人的事,我不恨它,我不但不恨它,还非常感谢它。感谢它不但长在瑶村,长在安仁,还长在湖南的每个地方,连我们大学校园都长得到处都是。我认识妻子的时候,她还不是我妻子,只是我同学。我们在校园的山坡上游玩、长谈、嬉戏。我们像普通同学那般游玩、长谈、嬉戏。可有一回,我朝她的头发里扔了好多好多苍耳子,她不甘示弱,也朝我的头发里扔了好多好多苍耳子。我们笑得前俯后仰,就像回到了欢快的童年。后来我们玩累了,就坐下来,互相帮着捉苍耳子。

揉进长发里的苍耳子是很难捉的。我帮妻子捉苍耳子的时候,不小心扯痛了她的头发,妻子皱着眉头,咝咝抽着凉气,我看她抽凉气的样子好可爱,捉苍耳子的手就慢慢停了下来,这时我又闻到她头发里清新的香波气味,还有她淡淡的体香……我心一悸,猛地像惊兔一样跳开一步。她不解地看着我,彼此看着,两人的脸就慢慢红了……

后来我们就谈恋爱了。

再后来,她就成了我的妻子。几年后,我们生了一个比苍耳子更逗人发笑的小屁孩。有了这个小屁孩,虽然城里没有苍耳子,可我们的快乐比童年时没少一分。

现在,我偶尔还会忆起"哭脓包"海燕和我的中学老师。如果苍耳子没有伤害他们,那我有关苍耳子的记忆简直称得上完美。

附录:

药方一

主治:麻风

方药:苍耳草、子适量

用法:水熬成膏,每次1匙,每日早晨空腹服。对麻风有良好的疗效,但不能根治。

药方二

主治:过敏性鼻炎、副鼻窦炎

方药:苍耳子10克(炒去刺)或苍耳根30克,荆芥10克

用法:水煎服。并取苍耳子研末,每用少许,吹入鼻腔。也可取苍耳子炒去刺,研细末,每次3克,开水送服,每日3次。

灯心草

药用:具有清热利尿、消炎、安神镇惊功能。主治火症牙痛、高热不退、小儿烦热、尿路感染、咽喉炎、咳嗽。

我病了。其实也不是什么大病。不过晚上有些低烧，有些噩梦，有些盗汗，有些惊悸。白天什么都好，只是偶尔暗咳几声。

母亲要煮一碗灯心草水给我喝。母亲说喝一碗灯心草水就会好了。

我马上告诉母亲，我知道什么地方长有灯心草。说着一溜烟跑了出去。瑶村谁家的废园里长有灯心草，谁家的屋后沟也长有灯心草，我真的清楚得很。

灯心草一蔸蔸长在那里，像一支支倒立的拂尘。灯心草的每一根草都是通圆碧青的，又有很强的韧性。瑶村的孩子们喜欢把它织成辫子，然后拿着一根根碧青的辫子，在头顶挥舞，村前村后地追赶，把宁静的村庄弄得鸡飞狗跳。

没一会儿，我就扯了几蔸灯心草回家。母亲要我去洗一下。我又应声而出。等我洗净灯心草回家，母亲已在火塘上架好了药罐。

点燃火，把灯心草投入罐中。一切准备就绪。然后我支着下巴，守着笑嘻嘻的燃火，把药罐上的盖子煮得一下下微微扑动。药罐喘着气，仿佛里面盖住了什么活物似的。母亲揭开药盖，小心地吹着溢上来的药泡。我闻着药香，看着母亲细腻的动作，心里有种好幸福的滋味。

我看一眼火光映照下的母亲，又一眼，再一眼。心里的幸福感就增加了些。母亲没有发觉，她在全神贯注地望着药罐。

把灯心草水从药罐里倒出来，刚好一小碗。母亲舒展地笑了，这是她的拿手活儿。母亲熬药往往看得特准，想熬多少就是多少，一点也不会多余。父亲，还有我与小妹这方面的技艺就差远了。

也是在这时，我才记起灯心草水不那么好喝。苦、涩、麻、结，种种滋味都有。

我趁母亲不注意，一溜烟跑了出去，并且一整天不再回家。母亲

屋前屋后地喊我。我只当没听见。等到黄昏,我偷偷地跑回家,将药汤泼了。然后得意扬扬地去找母亲。母亲这时再要我喝药,药已经没有了。母亲气得扬起巴掌,可终究打不下来。她长长地叹一口气,咒道:让你去死,我再不管你了。

但我没死,过了几个晚上,我以上所有的症状都自然而然地消失了。

现在想来,整个童年,我不知泼掉了多少碗母亲悉心熬好的汤药。我只是觉得好玩,到现在都没有认真后悔过。

长大后,我也不知多少次拂却了母亲以她自己的方式表达对我的关心,我总以为那是多余而可笑的。但我分明错了。文章写到这里,有一种很深的悔意,细细泛上心头。

我一直想对母亲说,童年时的那些药汤虽然泼了,但熬药过程却一直温暖在我的心头。药的气息也注入我的心田。而后来母亲的关心虽然每每被我拒绝,但转过身来,我的眼眶分明是湿润的。

我希望母亲能知道这些,要不然,她该有多伤心。

附录:

药方一

主治:小儿潮热,小便不利

方药:鲜灯心草 15 克

用法:水煎服。

药方二

主治:劳心日久,心热而虚烦不眠,或口舌生疮,小便短赤。

方药:灯心草 30 克,糯米 10 克,绿豆 60 克,冰糖 10 克用法:先将糯米炒焦,与绿豆同煮沸,再加入灯心草,煮至绿豆烂时,捞出灯心草,放入冰糖融化。晚上临睡前30分钟饮之,每日1次,10天为1个疗程。

桃树(桃仁)

药用:具有破血行瘀、润燥滑肠功能。主治经闭、跌打损伤、瘀血肿痛。

西园的那株桃树我似乎曾经提过？那株桃树,打我有记忆起,就立在西园的东墙边。身子斜斜的,像一个依门而立的少女。

若与梨树比,开花时的桃树是比不过梨树的。开花时的桃树是一副小家碧玉的模样,晴天它也笑笑的,雨天它也笑笑的,天真未凿的样子,惹人疼爱。桃树随便站在那儿,都好像在自家后院玩耍的女孩儿。

梨树不同,梨树裹着一身艳白,像个精灵,像缕幽魂,随便站在哪里开花,都像个落难民间的公主。莹莹一身素白,晴天也是要哭的样子,雨天更是要哭的样子,让男人见了,心凄如许,恨不得要为它这副模样两肋插刀,死而后已。

花败叶生后,桃树的样子就比梨树强多了,一是桃树的叶绿得纯粹,绿得惹眼。二是桃树的叶形细小修长,如狐狸的只只媚眼。当残红飘落,媚眼似的桃叶簇簇拥拥挤满枝头的时候,桃树就像一个十四五岁的姑娘突然长到了十七八岁,通身憨态渐隐,媚态初现。而长满呆板肥厚叶子的梨树呢,这时则像一个生了娃的妇人,就毫无特色可言啦。

我喜爱西园的那株桃树,当然有甚于三青家的那株梨树。不做其他比较,仅仅因为西园的那株桃树是我家的。春天花红的时候,我随便撷一枝送给哪个女孩,是没有人管的。夏天桃熟的时候,我想先摘哪只桃,摘就是了,也是没人管的。桃树一直是笑笑地对我,不怨也不恼。整个童年,我真有点像怡红院里的贾公子,而桃树则好比是丫环晴雯。我们随便怎么嬉戏都行,而其他人却不能染指。我在以往的文章多次提过西园,我记得在《豆娘》一文中,通篇记叙的都是自己独守西园的时光。其实不单单是因为西园有款款倦飞的豆娘,我的独守,与西园的那株桃树也大有关系。

从春天开始,我就喜欢攀上桃树,坐在丫枝上,看一粒一粒的花蕾如何长大、破红、绽放,然后飘落,在蒂核处结出青青的小桃。树杆被我长年攀上滑下,弄得光溜溜的。路人经过西园的时候,总要夸一句:玉团子呀,你家的桃树今年花开得真多,一定会结好多桃子。听了这话,我的心里就会涌出一丝甜蜜,好像已经吃着那些桃子了。

无人的时候,我躺在枝丫上,闭着眼睛,半睡半醒,听耳边蜂蝶经过的声音。一晌午一晌午就这样消磨了。那时节,一般是些晴晴的天气,人蔫蔫恹恹的,总像睡不醒似的。那时节,小小的人儿也觉寂寞,却想不出更好的办法来消度。是的了,我也不知村里的其他孩子是如何度过那些时日的?只有等到狗们兴奋地缠在一起,孩子们才会从村子里的各个角落里突然冒出来,拿着石头,喊着叫着,朝狗们身上砸。但沾在一起的狗们,无论怎么打,也不分开。孩子们就用最恶毒的话骂它们。一个个蛮气愤的样子,心底里却是止不住的慌乱。却说不清因何而慌乱。等到大人们拿狗开他们的玩笑了,一个个又涨红着脸散开去,消失在起先他们匿身的地方。

《聊斋》那时还没读过,相似的故事却听了不少。西园的东侧是一个破败的土窑,里面深深的黑黑的湿湿的,孩子们从不敢进去。我一个人抱树而眠的时候,常常幻想,会有一个美丽善良的小狐女从里面走出来,怯怯地越过园墙,朝我嫣然一笑。有时我对着一朵花一片

叶也有这样的幻想，我甚至还跟它们自言自语，我希望它们能回答我的话。那时的日子实在多得不知如何打发！

桃树的寿命是很短的。等我懵懵懂懂的童年过后，西园的桃树就不再开花了。父亲拿着刀要砍桃树，我才猛然发现桃树真的很老了。我流着泪夺过父亲的刀，求父亲放桃树一马，说也许明年它又会开花。但到了明年，桃树不但没开花，连叶也稀少了。

挨了两年，桃树终于死了。桃树死时，枝头上再无一片桃叶，青青翠翠的一树，是些攀沿的苦瓜藤。这时父亲要留它做瓜棚，我却拿刀将它砍了。那时我大约十六岁的样子吧，正在读初中，喜吟风花雪月之词，有点要恋爱的迹象。那时满脑子都是怪想，我将枯桃砍了，就是不想让它站着受辱。

西园的那株桃树砍后，父亲又栽了几棵。是嫁接的水蜜桃。未等长成树形，一棵棵就急巴巴地开花结果了。那时我已离开瑶村读书去了，守着它们开花结果的是比我小几岁的小妹。小妹与桃树有什么故事，我不得而知。而这时就算想问小妹，小妹也不在身边。这时的小妹在一所遥远的乡中学教书，同她的丈夫一起，守着一群孩子过日子。

水蜜桃的寿命更短，只七八年就全夭折了。我之所以要用夭折这个词，是它们看起来真的不像长大了的样子，至少比西园从前那株桃树的个子要小得多，但说死就都死了。也难怪它们那么早就急切切地开花结果，想必是知道自己的命运。

我与小妹读大学的时候，母亲也在远离瑶村的一所小学教书，家中就剩老父亲一人了。那年老父亲闲着无聊，就把整个西园都栽满了水蜜桃。两年后桃子挂枝，老父亲干脆不住家里了，而是在西园搭个帐篷，抱着铺盖住进去了。至于他守着满园桃树有什么样的心思，我一样不得而知。我只知道那些年我家的水蜜桃在全村都是有名的。鼓鼓胀胀的水蜜桃就像青春期的少女，那白里透红的肌肤呀，掐一把就能掐出蜜汁来。我从父亲的来信中,能读出父亲对桃树的那份感激。父亲说,睡在桃园里,他经常梦到年少时的事情……

读完大学,我分在闹市工作,很少回家,也很少想及家中的老父和他的桃树。等我前年回家,西园的水蜜桃就只剩一个个树蔸了。我惊诧地问父亲:好好的,怎么都砍了? 父亲说:好什么好,都死了呢。我掐指一算,日子惊风而过,转眼间,又是八九年了。

我陪笑着对父亲说:死了就死了吧,等明儿赶集时,我再买一些桃树回来栽。

父亲叹一声,摇摇头说:算了吧,我也差不多要去了,到时桃子熟了,谁来为它们守着呢?

听了父亲的话,我认真地看了一眼父亲,才发现父亲真的已经很老了。两颗泪就从我的眼角流出来了。

我回城后,西园就荒废了。没有桃树的日子,父亲是如何度过的,我依然不得而知。好些次我要父亲搬到城里来住,父亲只是不肯。前天三狗子来城里,他顺便告诉我,父亲总喜欢在空空荡荡的西园里转悠。我听了,心里又是一酸。

附录:

药方一

主治:高血压病

方药:桃仁、杏仁各 12 克,栀子 3 克、胡椒 7 粒,糯米 14 粒。

用法:共捣烂,加鸡蛋清适量调成糊,每晚睡前敷一足的涌泉穴(足心),每天 1 次,右右足交替使用,6 次为 1 疗程。

药方二

主治:产后血虚、老人便秘

主药:桃仁、芝麻、胡桃仁各等分,白糖适量

用法:共炒黄,研碎,加白糖拌匀,每次 10 克,嚼食,或开水送服。

一贴灵中药铺

○聂鑫森

贡均的故乡,是南方的一座古城。他大学毕业后,一直在北京工作,已经有好多年没有回来过了。父亲已经去世,母亲早接到身边住下了。几个弟弟虽在这里安家立业,却常常出差到北京来,顺带看望母亲和他,他似乎没有必要再回到这里来了。

日子过得好快,一转眼贡均已是知天命之年了。不知道为什么,他开始频繁地做梦,梦见古城的城墙和楼阁,梦见他读小学和中学的学校,梦见许多小时候的同学……在北京这家大出版社,从编辑做到总编辑,多少熟人、朋友、同事,居然就没在他梦中出现过!

正好有一个关于地方志出版的座谈会在古城召开,这次他当仁不让,风驰电掣地赶了回来。白天在宾馆开会,晚上和弟弟们聊天,他突然觉得自己变小了,这种奇妙的感觉已经消失甚久,突然而至,其喜如何!

古城不大,贡均的同学大多住在同一条街上,几十年的人事纷繁,由弟弟们说起来,一下子就理清了头绪。

贡均想起了小学同班同学怀佳生,那是个很特殊的人物。怀佳生的父母亲都是搬运工人,儿女一大帮,家里生活是很艰难的。说怀佳生特殊,第一是相貌,黑脸,蒜头鼻,右眼还是吊眼皮——露出一小块

红色的内眼皮,从眼球里闪出的光,有点冷,有点尖。他曾对我说:"那些小崽子,仗着家里有钱,人模狗样,我恨不得每天都打他们一顿。"他确实常常打人,专打那些家庭条件好的同学,多半是无事生非,找借口动武。第二是怀佳生那个书包特殊,是一个国民党军队用过的扁长方形的牛皮医药包,暗褐色,正面有一个红漆画的"＋"字;皮挎带很长,书包一直垂到他的大腿弯。这肯定是从废品收购站弄来的,全校也就这么一个宝贝。那时候读小学,只有几本课本和作业本。这样大的一个硬壳书包,放着怀佳生的全部"家当",显得有些空。上学、放学,书包不停地拍打他的大腿,不断地发出很空洞的"嘭嘭"声,引得大家直笑。日久他便有了一个绰号:怀郎中。

弟弟说:"他现在真是郎中了,在雨湖路东头开了一家小药铺。老婆是拣药工,兼着干杂活,生意还不错。"

贡均问:"他读过中医学院?"

"没有。听说跟一个江湖郎中跑过几年码头。"

"有正规的行医执照吗?"

"应该有——没有他也能搞到。他跑过江湖,什么证明弄不到?"

贡均真的没想到,怀佳生居然可以悬壶济世。那个牛皮医药包,那个绰号,是不是一种命运的暗示呢?

会议结束后,贡均决定再留两天,并叮嘱弟弟们只管去上班,让他一个人在城里到处转转。

贡均去了雨湖路东头。老远就看见那块过于大的招牌"一贴灵中药铺",与窄小的门脸形成强烈的对比。这口气也太大了,什么病只须吃一张处方的药就好了呢?他朝里面望了望,挨墙是一排药柜,上面嵌着一个一个的药屉子,里面放的自然是各种中草药了;没有柜台,店堂中央,放着一张医案,医生正在为一个女患者把脉;挨着另一面墙则放着一排长靠椅,坐着几个等待看病的患者。

贡均认真打量了一下把脉的人,应该是怀佳生无疑,黑脸、蒜头鼻,还有右眼的吊眼皮,"风采"依旧,只是额头上多了皱纹,头发也花白了。怀佳生的穿着很扎眼,青底暗金团花唐装,黑绸长裤,圆口青布鞋,这是典型的江湖郎中的打扮。

贡均从从容容走了进去。

怀佳生正好把完脉,站起来,双手合拱,说:"客人,请稍候。你是外地来的吧?"

贡均点点头,猜测怀佳生肯定认不出他来了。于是,他有了一种要自报家门,然后与老同学寒暄一阵的冲动。

怀佳生却坐下了,用手指了指贴在墙上的一张白纸,上写四字:"请勿喧哗。"

贡均只好权当是个患者,坐了下来。他想:也好,看看怀佳生医术如何? 贡均的父亲曾是古城的名中医,耳闻目濡,此中奥妙还是知道一些的。

怀佳生对那个显得有些文弱的女患者说:"你是外感风寒,体温炙手,六脉有些浮散。我给你用'防风通圣散',去麻黄,加桂枝,共服十服!"

贡均暗吃一惊,这"防风通圣散"一方中,有剂量很重的硝黄,硝黄乃是劫药,弱女子怎么经受得住? 不是瞎折腾吗?

怀佳生用圆珠笔"沙沙"地写了处方,然后说:"去拣药吧。下一个。"

贡均一连听了怀佳生对几个患者病情的分析,以及他下处方的理由,不由在心里长叹了几声,这些说道貌似有理,却多为皮毛之论,连吓带蒙,实是一个庸医。到底没受过专业训练,且没有名师指点,靠着江湖上所谓的"经验",居然敢为人治病!

"下一个!"

贡均正在胡想，没注意到怀佳生在叫他。

"喂，你——"

贡均再一次想表明自己不是来看病的，而是来拜访老同学的，喉结动了几动，音还没出来，立即被怀佳生制止了。

"先生，你不必说病情，我只'望、闻、切'，绝不'问'病情。坐下吧，伸出手来！"

怀佳生作古正经地为贡均切脉。

边切脉，怀佳生边说："先生不是本地人，是从北边来的。"

贡均点点头。

后来的几个患者，佩服得一齐张开了大口，半天都合不上。

"你是坐办公室的，应该是吃笔杆子饭的。"

贡均又点了点头。

"从脉象看，你有冠心病、高血脂病，先生身处高位，好东西吃得太多了；起居无度，唱歌、跳舞，夜生活过得频繁了点。睡觉时，你只有向左侧睡才能睡熟，每隔十余日，必呕吐酸水。"

这不是咄咄怪事了吗？贡均刚才还觉得怀佳生是个庸医，怎么这一刻神了？他确实有冠心病、高血脂病，于医道稍有研究的人，应该从脉象上可看出来。可他长期以来喜欢向左侧卧，确实造成了按期呕吐酸水的习惯，怀佳生是怎么知道的呢？看来，这个老同学身怀绝招，非同凡响。

贡均说："是、是的。"

说完了，贡均心里又觉得很委屈，在出版社，他基本不参加"请吃"和"吃请"，只喜欢吃家里的平常饭菜；几乎每晚在办公室或家里审稿子，都要到子夜过后，何曾去唱歌、跳舞？"夜生活"三个字从怀佳生口里吐出来，还有更为复杂的内容，看来少年时代笼罩在心上的阴影，至今还没有消退，只是愤懑中掺入了不少的讥诮，真正是"江山

易改，本性难移"了。

"我给你开个处方吧，一口气吃二十服药，保你无恙。"

贡均本想说"不"，他不是常去北京的中国中医院看病吗，还轮得上你怀佳生？但他说不出口，就让他下处方吧。

"药必须在这里拣，好几味药是自制的，外地绝对找不到，行不行？"

"就这样吧。"

怀佳生写好处方后，算了算药价，说："专家门诊五十元。药费六百元出头，算六百吧，谁叫我们有缘呢。"紧接着他又喊一声，"下一个！"

贡均知道，什么也别说了，人家只对患者负责，没工夫和他瞎扯闲篇哩！

他看了看处方，粗粗估算，每服药也就十来块钱，怀佳生不知道是按什么方法去计算的。

交款时，怀佳生的老婆要给贡均一张发票，他说："不要。"然后，提着一大包药，走出了"一贴灵中药铺"。

十分钟后，贡均听见身后有脚步声传来，一回头，竟是怀佳生的老婆。

她大大咧咧地说："刚才佳生悄悄告诉我，你就是他的小学同学，还让我把这张今天的《古城晨报》交给你。你别见怪，我们也是混口饭吃。"

说完，一溜烟走了。

他很奇怪，怀佳生居然还认得他。

贡均打开报纸一看，在三版有一篇《贡均访谈录》，是刚到古城时，记者采访他写的文章，还配有他的大幅照片。当记者问到他的业余爱好、生活习惯、身体状况时，他都说得清清楚楚。这说明怀佳生是

常读报纸的,而且很留意对他有用的资料,具有一种江湖人的机智与敏感。当他进入药铺,立刻成为怀佳生用来自我宣传的佐证,用心良苦啊。当他离开药铺后,再让人送给他这张报纸,是坦诚?是忌妒?是调侃?还是讥讽?他也说不明白。

在这一刻,贡均希望尽快离开古城,赶快回到北京的母亲身边去!

医　心

○聂鑫森

　　江南三月,细雨霏霏。

　　年过花甲的古城中医院名医池北鸥,乘坐一辆猩红色的出租车,奔驰了半个来小时,在一座清幽的小院前停了下来。

　　这是副市长杜心宇的家。他的妻子打电话来说,请池北鸥老先生务必出个急诊,并会派车来接。池北鸥说:"不必派车,我自个儿来!"

　　平心而论,池北鸥对杜心宇的印象不错。杜心宇管的是城市基本建设,修环城公路,开辟湘江风光带,建花园式社区,保护老城区的长街小巷,成绩有目共睹。而且清廉,没听说老百姓在这个方面对他有非议。只是太不注意身体,饮食起居失调,不到五十岁,就患了心脏病,头上白发丛生,脸上满是疲惫之色。

　　在中医院,池北鸥擅长治疗心脏病及其他内科杂病,下方奇妙,活人多矣。杜心宇信奉中医,自然成了池北鸥的病人。每次来看病,总把小车停在离中医院百米之外,而后一个人步行而来,这一点让池北鸥很称意。在看过病后,杜心宇也不急着走,总要和池北鸥说说闲话。杜心宇在大学是学中文的,读了不少书,恰好池北鸥古文底子深厚,又精于书法和鉴赏古玩,两人往往三言两语,便觉心性契合。这次,杜夫人请池北鸥上门出诊,定是杜心宇病得不轻,无法下床走动。

池北鸥提着小药箱,刚刚走下车,杜夫人就撑着一把伞迎了上来,说:"池先生,辛苦您了。老杜他偶感风寒,又发高烧,又说胡话,一身虚汗,只好有劳大驾了。"

池北鸥说:"别急,别急,我保他无事。"

小院里杜鹃花开得闹喳喳的,猩红、粉红、素白、淡黄,一丛丛,一簇簇。池北鸥问:"是你们两口子侍弄的?"

"是。"

"很好。养花可养性,对心宇来说,则可治病。"

他们走进了明亮而简洁的客厅。

"池先生,先歇歇,喝口茶。"

"不必。领我去心宇的卧室,看病要紧。"

"太感谢了。"

杜心宇果然躺在床上,盖着一床棉被。蜡黄的脸,满头的汗,眼睛闭着,口里含糊地说着胡话。床头柜上,放着一只青花山水笔筒。池北鸥眼睛一亮,这分明是清雍正朝的东西,他家祖上就传下了这样一个笔筒,随手可卖个十万二十万的。

池北鸥摸了摸杜心宇的额头,很烫,体温应达四十度。他又摆上小迎枕,为杜心宇切脉,敛声屏气,眼半闭,如老僧入定。切过脉,池北鸥半晌无言。这症兆似与心脏病无关,偶感风寒自是外加条件,但理应不是这个样子啊。他站起来,说:"杜夫人,借一步到客厅说话。"

杜夫人着急了,问:"老杜怎么啦?"

池北鸥径直走向客厅。

"杜夫人,心宇这些日子有什么东西念念不忘吗?"

杜夫人想了一下,说:"只有那个床头柜上的瓷笔筒。是我一个远房堂弟送给老杜的,他说虽是一件古董,但并不值钱,是亲戚间的礼尚往来而已。"

池北鸥点点头，又问："为什么突然之间送这个笔筒呢？"

"听老杜说，我这个堂弟中了开发一片廉租房社区的标，这本是件好事，可办手续时却不顺利，老杜觉得这是政策允许的范围，有些人为什么要作梗呢，就为堂弟打了几个电话，把该办的手续办了。过了些日子，堂弟就送了这个笔筒来。老杜一回家，就捧着这个笔筒看，一会儿皱眉一会儿笑的。这东西好吗？"

池北鸥差点要说出"当然好"三个字来，但他没说。他明白杜心宇的眼力也是不错的，定然知道这个笔筒是个好东西，虽是亲戚间的馈赠，作为一个领导，收之则心多惧怖，退之又依依不舍。

"池先生，你……好像很为难，老杜的病……"

"不，心宇之病，自然可医，你不必担心。这个笔筒呢，不过是个……赝品，并不值什么钱，我要用它作一味药引，不知你们舍得否？"

杜夫人说："这有什么舍不得呢？"

"那就好。你将笔筒打碎，用碎瓷片熬出一大碗水。然后，我开个方子，你们按方买药，就用熬出的水煎药。服第一剂后，心宇清醒了，你把我的话原原本本告诉他，记住了？"

"记住了。"

池北鸥坐到桌子边，从药箱里取出铜墨盒、毛笔、处方笺，然后认真地写起来："药引：赝品雍正青花山水笔筒碎片。正方……"末了，又写了一小段话："心不动，欲何以生？药虽灵，意先而医。"而且一式写了两张。

"一张拣药用，一张留给心宇吧。服药后，有什么反应，你们可打电话来。"

池北鸥看着处方笺，拈须而笑。他写的是行书，源出宋代的黄庭坚体，行气贯通，笔画之间顾盼有姿，堪称书法精品。他更惬意的是这一味药引，古人未有先例！从病理看，杜心宇身体原本虚弱，又夹带寒

邪,无法用补,加之外感风寒,虚汗淋漓,又不能攻,所以,只是开了些比较平和的药。关键是药引,要让病人受大惊而心疼,继而大喜,发出一身真正的透汗,再下另外的方子,方可奏效。

晚上九点钟的时候,池北鸥正在自家书房的灯下,摩挲那个祖传的雍正青花山水笔筒,电话铃忽然响了。

是杜心宇打来的。

"池先生,谢谢你白天屈尊上门,我糊糊涂涂的,也没向您道个谢,对不起啊。"

池北鸥微微一笑,说:"我用府上的那个赝品笔筒做了药引,你觉得如何?"

"好得很啊,听内人一说,又看了处方,那一身猛汗把我浇醒了,心动则生邪念、妄念,那才是真正的病之源。这张处方,我准备拿去托裱装框,挂在办公室里,时时拜读,引以为戒。明日,我再来中医院当面致谢,并请先生再切脉医心!"

池北鸥情不自禁地哈哈大笑起来。

他觉得值!

两把手

○赵长春

那时候,医生都有一手绝活儿,远比现在所谓的专科富有特色。他们共有的一手是把脉。平心,静气,闭目,左手按右手,右手按左手,举,按,寻,推,脉的浮沉虚滑实细就在心中有了图谱,因为脉为血之府,通全身,这痒那疼的先表现在脉搏上。

把脉也是功夫,也要功夫。手高的医生一把脉就对病的来龙去脉有了数,脉把得好,大家就称你有一手,叫转了,叫"一把手"。那时候,袁店河上下被称叫上"一把手"的医生不多,王建生算一个。王建生把脉,遍诊,三部诊,寸口诊,讲究时间、姿势、指法,有范儿,是由内到外表现出的淡然,学不来。

王建生脉把得好有一层深原因,他会武功,手上有气,腕子稳稳当当。要说"十个医生九个武",可王建生是真功夫,特别是在治疗筋骨跌打损伤方面。医理上讲,血营养筋,筋伤时内动于肝,肝血不足,筋病就难好,就影响到骨枝骨梢,所以"伤筋动骨一百天"。可是,经了王建生的手,就会好得快。筋喜柔不喜刚,他的腕子有功,指法了得,手摸心会,按、敲、抚、揉,在不动声色的运力中,巧劲儿一使,药未到病先轻了几分。"七分手法三分药","地生万物,心生万法",他的药采自罗汉山上袁店河里,天然的药性和药力,劲道。有一味药,水芹菜,

他用得多,水芹菜汁儿青凉凉的,连瘸腿的牛都能摆治好——不过,现在袁店河水小了脏了,水芹菜基本上找不到了。

所以,王建生在他那个时候被袁店河上下誉为"两把手"。

现在想来,王建生被誉为"两把手"还有一个深层原因:他爱吃肉。他吃肉有自己的方法,手撕,不用刀,说是刀有铁腥气,切肉时吃肉,肉味就不香了。他的两个大拇指留着长指甲,如弯弯的小刀,顺着肉的肌理,加上腕力,那肉就成条成块了。他自己杀鸡杀扁嘴儿,扁嘴儿就是鸭子,还杀兔子。也不用刀,找准脉管,指间用了力,也就一两分钟吧,这些小活物儿就永远地睡过去了。肉撕好了,他用砂锅或炖或煮或焖,火候就在自己心里头。熟了,出锅,用荷叶包裹或者竹叶儿衬托盘底儿,配着丰山上出的一种小香韭,大口吃肉,小口品"袁店黄",自有一番得意——这个时候,你最好别去找他看病,最好等他吃罢喝罢,咕噜咕噜喝完一罐子柳叶子凉茶;这个时候找他看病,心到意到力到,收钱少甚至一笑,"算啦,随身的手艺儿,闲着也是闲着,权当练练手。"

王建生还有个特点:有女人缘儿,不好听的话是招惹女人。要说这也是人之常情。可也奇怪,经他看病的女子对他有一种莫名其妙的喜好,给他绣鞋垫儿绣烟袋儿绣出诊箱上的小饰物,有的甚至在他家不走,说要跟他学医。这就出洋相了,他领着人家女子出去或半月或二十天;再回来,挨主家一顿揍。

月来岁往,王建生老了,黑黑的头发,一多半白了,另一少半在变白。一个人,就在袁店河边看人来人往车来车往,看大姑娘小伙子谈恋爱。他爱扫人家兴头,人家正在热乎乎中,他走过去,自言自语却又有方向性,"好妮儿,别迷了心窍,别让他领着进城喝烩面,一哄你,妈呀一声,你就不再是小妮了,你这一辈子就完了……"

关于王建生,袁店河上下有不少他的说法,或褒或贬。有些遗憾

的是,他一直想收个徒弟,把自己的手艺儿、心法传一传,可是没人学。有的女孩子想学,被爹妈强拦,甚至干脆嫁得远远的,比如小莲。小莲当年跟着他跑出去过一个月,说他人好心好手也好,把人拾掇得浑身舒服……为这,小莲一直嫁不出去,她爹妈又不让她嫁给王建生。后来,小莲嫁到了维摩寺的大山里,男人比王建生小不了多少,长得很不好看。那男人后来说,小莲嫁给她时,还是个大姑娘!? 怪得很!

王建生最终走了,他好像是冻死的,就在河边的一处破窑里。人们发现时,他走了好几天了,面前是没有燃完的医书。有的书很老,手抄本,蝇头小楷,耐看,现在没有人能写出那样好的字了。

他一走,也就没有人会他这"两把手"了。

连"一把手"也没有了。现在谁病了,医生就是给挂瓶子,说是输液来得快,脉也不用把了。

所以,王建生传下的药锅,也不知最终传到谁家了。那时候,药锅是借用的,不还,一借就把病给"借"走了;谁家煎药熬药,就去上一家借。而这些药锅,也多是王建生送出来的。砂锅,陶土烧制,黑亮,武火文火,不伤药性,用的次数越多,药效就越好。

四 芽 儿

○赵长春

　　人们对四芽儿的认可度或者信任度越来越低是近二十年来的事情。

　　人们是指袁店河上下的乡亲们。四芽儿是老中医杨四。

　　四芽儿很早就入过县志,当在乾隆年间。四芽儿能入县志是杨四的爷的爷的爷的爷的爷的功劳。那时候,四芽儿是一味中药。传承久了,袁店河上下的乡亲们就把祖传的杨氏中医的坐堂先儿(袁店河俗语,称医生为"先儿"),尊称为"四芽儿"。

　　现在,杨氏中医的坐堂先儿就是杨四,人们依然走老辈子的称呼:四芽儿。杨四行四,"四芽儿"用袁店河的儿化音去读的话,又有"四爷"的味道。杨四听着很受用。

　　可是,人们对四芽儿的认可度或者信任度越来越低,特别是这些年来。

　　杨氏中医可谓祖传,专治跌打损伤。二三百年来,其闻名袁店河上下最关键的就是四芽儿,辅以大蒜汁、雄黄酒冲饮下,活血行血,补气理气,不用刀锯不上夹板不动筋脉,半月二十天即好,打破了"伤筋动骨一百天"的传统俗念。所以,南阳、信阳、老河口、武当山等地都有人来求药,甚至白马寺、黄塔寺的正骨传人也来袁店河拜过四芽儿。

四芽儿无非是黄豆芽、绿豆芽、黑豆芽、红豆芽,根须及豆瓣齐全,芽叶儿刚抿开嘴,泛出浅青色最佳。将这四样芽儿黄绿黑红左右依次排在一拃厚的百年老瓦上,搁于阴凉通风处三日,置于向阳通风处三日,再用铁锅下燃松针焙干,碾末儿,和以松香成丸,如蚁;另选紫皮独头大蒜三头,切之为片,晾一刻,石臼中捣烂取汁,滴入雄黄酒中——酒也有讲究,袁店河特产的小米"袁店黄"酿制的黄酒,雄黄入之,时间愈久愈佳——以此为冲剂,将"四芽儿"丸服下,隔三日一次,一次一丸,半月至多二十天,哪怕双腿摔断,亦能下床行走自理乃至正常生活,甚至又可打柴采药于罗汉山上!

当然,这是有些年头的事情了。现在,四芽儿的药效大不如前。

这就有了各种传闻。最多的是杨四未能得到四芽儿真传。杨氏中医传男不传女,并且只传长房长孙,辈辈绵延。而到了杨四一代,没有传于杨老大,就是一件怪罕的事。对此,后来在省城做官后赋闲回乡的杨老大说,自己早早地参加共产党闹革命了;老二吸大烟;老三跑了汉口;传于老四是最正确的选择。

人们还是不信。因为杨四是二房的二子,行四。老杨四芽儿到底是舍不得将祖传的秘方真谛说与杨四的。所以,杨四到底不是人们心目中真正的"四芽儿"。

对此,杨四淡然一笑,依然坐杨氏中医正堂。那堂案实在年代久远,紫檀木被药香浸润出了油亮的原色,闻着欣然,抚着舒然。杨四最喜欢的就是这种感觉。尤其是午后,浓茶一杯,悠然展坐太师椅上。阳光从牛皮亮窗上投下来,桔黄又温暖地覆了一身,一个小觉半个时辰,很是惬意。醒来,就是和老哥们高文兵聊天说地,言来语去,无非是以下内容:

……该冷不冷该热不热。没有冬天了,夏天倒更像个夏天。河干了水少了喝着苦不留丢的。看现在年轻人的德性,担当不了个啥事!

山上没有好药了。都是化肥、农药喂出来的。肉不香了。啥都是吃药长大。黄豆、绿豆、黑豆、红豆都是化肥、农药催大的,能有啥药性? 老时候天雨地风,自然孕育,有好药,怪病也少……

说来说去,无非是以上内容。

有件事,杨四一直埋在心里不说。他知道高文兵最想问的或者套出来的是"四芽儿"。杨四就是不说。杨四在心里告诫自己:我就是不说!

杨四在心里告诫自己就是不说的是四芽儿的来历:冬至到立春的数九天,将黄豆、绿豆、黑豆、红豆排入冬眠的癞蛤蟆口中,埋在袁店河畔向阳的湿泥窝里。半月后,癞蛤蟆嘴中长出豆芽,用竹筷子轻轻挑出……雄癞蛤蟆的四芽儿治疗女人的跌打损伤,雌癞蛤蟆的四芽儿治疗男人的跌打损伤。

杨四心里说,说也没有用,袁店河快没有水了,癞蛤蟆也没有药性了。

高文兵给杨四续上茶水,哥,明儿我还来。

陈香油

○张国平

　　那年头,初来小城的人走进窄窄的西街,一定为一股弥漫的浓香而奇怪,那香气味正浓郁,沁人心肺,不禁让人深吸几口气。这是因为冯大脚和陈七的缘故。

　　冯大脚和陈七都是做香油的,冯大脚的油坊在路南临街,陈七的油坊在路北拐子胡同。冯大脚的小磨香油原本在小城首屈一指,无人能比,可自从陈七来了,冯大脚的位置便有了动摇,再让小城人分辨出是冯大脚的香油香还是陈七的味道正就成了难题。冯大脚和陈七的香油同样逆风飘香,晶莹剔透,的确难分伯仲。

　　陈七不是小城人,来自山东潍坊,这年秋天他孤苦伶仃地来到小城,住进了拐子胡同。起先小城人并没把又黑又瘦的陈七放在眼里,可从拐子胡同的深处又飘出一股浓香时,人们才知道这个貌不惊人的小伙儿原来也是做香油的高手。按说初来乍到要极力推销叫卖的,可陈七不,只咕噜咕噜推自己的小石磨,香油做好放在那儿,不遮也不盖,任凭香味四处飘散。

　　一连三天,终于有人抵挡不住那浓香的诱惑,对陈七说,味道倒挺好,不知口感咋样。陈七眼皮一耷拉说,拿去吃,中吃再给钱。滴一滴陈七的香油在碗里,那油滴便四下散去,星星般飘散满碗。哧溜一口

在嘴里，绵绵滑过喉咙，甘露般让人舒坦。这时鼻子里、嘴里、心里全是绵软悠长的油香。

中，一点不比冯大脚的香油差。那人说，如果在街面上开油坊，说不定能把冯大脚的生意抢了，你咋这么傻，非要把油坊开在曲里拐弯的胡同底呢？

拐子胡同拐了几道弯，像"凸"字的上沿儿，陈七的油坊又在胡同的最深处。陈七嘿嘿一笑说，酒香不怕巷子深，何况香油。

果然不出仨月，陈七的香油渐渐有了名气，曲里拐弯来买陈七香油的人多起来。

陈七跟冯大脚不同，懒，一天只做三五斤，上午做活下午睡觉，躺在床上翻破书。那本书油腻腻的，又烂又黄，没人在意他看的啥。望着陈七悠然自得的样子，人们惋惜，陈七太懒了，要是好好干，咋能没媳妇呢。

二十好几的人没娶上媳妇，原因大致可归结为三点，一是穷，二是憨，三是懒。陈七的香油香满拐子胡同，人肯定不憨，穷也不该穷，穷的原因还是因为他太懒。有好心人劝陈七，别老躺着睡大觉了，手艺这么好，好好干两年兜里就鼓了，回头给你说门亲。

陈七躺在床上哪肯动，眼角斜楞一下又回到那本破书上说，急啥，懒人有懒福。见劝他没用，可惜得好心人直摇头。

那天东街的李家杂货铺的李掌柜生病，又咳又喘，憋得人脸色紫红，满头大汗。小城有名的中医"张神医"看了，却几服中药不见好，难为得张神医摇头，这是啥怪病呢。见张神医都没招，李太太忙请西医，洋药也吃了洋针也打了，仍不见效。见掌柜的一天天消瘦下去，痰里已有了血丝，李太太哭啊，哭得四邻八家都听到了。

陈七听说后，耷拉着眼皮对李太太说，我来试试。李太太惊得眼睛如鸡蛋，吃惊地问，你中？你又不是大夫。

中不中试试嘛,要不让李掌柜等死。陈七见李太太不乐意,转身要走,被李太太拦住。有病乱求医。李太太问,你用啥给掌柜的医治?陈七说,小磨香油。李太太的脸愣得如版画,问,中吗?陈七有些烦,眉头一拧说,中不中不试试咋知道。

李太太勉强同意。陈七弄来一鲜猪肝,煮八成熟,切成薄如宣纸的碎片,搅拌均匀再滴香油,闷一根烟工夫,对李太太说,让掌柜的吃吧,一天三顿,一次二两。

李掌柜摸石头过河吃了一天,症状明显见轻,咳还是咳,却不那么喘了。李掌柜又吃三天,痰里的血丝居然没了。每次陈七要走,李太太总扯着手不肯放,感激得泪水汪汪。李太太说,你是俺李家的恩人啊,咋感谢你呀。陈七嘿嘿着说,没啥,救命就是积德。

李太太总留陈七吃饭,开始陈七还谦让,慢慢熟了就不再推辞。

李家三丫头李三凤很少出门,小城人不明白其中缘故。陈七去李家次数多了,终于发现了原因。李三凤开始给陈七的是一个背影,那腰姿那身段真可谓花中仙子,可等三凤偶然转过脸来,他飘飘欲仙的感觉顿然消失。原来三凤脸上布满了大大小小的雀斑,比天上的星星还稠。李三凤发觉被陈七看见了,羞愧得一捂脸躲进了闺房。

李太太叹气说,你也不是外人,你说说,俺三凤长得赖吗?要不是这张脸哪家闺女能比上俺三凤。陈七"唉"一声说,可惜。李太太哽咽着说,三凤也老大不小的,难为死人了。陈七脸一红,耷拉着头哼哧一句,我还没媳妇呢。李太太眼睛放光,盯了陈七半天,笑了。

陈七是李家的恩人,李掌柜当然也没啥意见,于是陈七和三凤的亲事就这么定了。

滴滴答答一阵唢呐,一台花轿晃进了拐子胡同,只是新娘始终不肯揭开那顶火红的盖头,这多少让人有几分扫兴。买香油的人来来往往,新娘的秘密还是有人知道了,原来三凤是"蝇屎"脸。

三凤羞愧地哭,哭得好伤心。陈七却乐呵呵地把拌了香油的鲜菠菜递上来说,吃吧,慢慢就好。忽忽悠悠按陈七的法子吃了半年,"蝇屎"竟没了影踪,三凤的脸变得白里透红。三凤再回娘家,胸脯挺得老高,腰姿拧得妖娆,满西街的人都羡慕得咋舌。

陈七跟在三凤身后一脸风光。陈七说,我说过嘛,懒人有懒福。

青　丝

○邓洪卫

桑白年过六十，精神变得恍惚迷离，经常被一些怪梦缠绕不休，以致阴阳颠倒，静躁不分。

几剂中药下肚，愈发迷糊。

桑白说，森林，大片的森林，头顶上树影浓密，看不见天，脚下草叶茂盛，湿漉漉的。我就这么走呀，走了三天三夜，走不出森林，走不出草地。

女人说，啥森林、草地的，你在医院里。手伸出来，别动，护士为你挂水了。医生说了，挂几天水，镇定镇定就好了。

桑白的眼前，仍然晃动着茂密的森林，湿润的草地。

桑白就闭上眼。记忆穿过森林、草地，向遥远的岁月探寻，似有无数发丝迎风飘起，将人生的镜头密密覆盖。

桑白出生于苏北响水河口的一个小村。那里有桑白的初恋。

初二那年，桑白的班上来了个女孩儿，叫小雨。小雨的父母是苏州人，被下放到农村来。

小雨长得真漂亮，雪花一样白的皮肤，蝌蚪一样黑亮的眼眸。尤其是那黑黑长长的头发，被她母亲梳成一对细细长长的小辫子，辫梢上还缀着两只蝴蝶结，走起路来，微微摆动，像摆在他们男孩儿的心里

一样,痒痒着呢。

桑白经常看着小雨的辫子出神。小雨的头发天天洗,辫子天天都重新辫。桑白有时真想摸摸小雨的辫子,可桑白不敢。桑白很羡慕那个叫小丁的男生。小丁坐在了小雨的后面,他可以更清晰地欣赏小雨的头发。

一次,小雨从座位上站起来,突然,惊叫一声,原来,她的辫子被小丁绑在椅子上了。小雨痛得哭了起来。桑白不知哪儿来的勇气,冲过去,对着小丁就砸了一拳。小丁也不示弱,两人就扭打起来。直到老师来了,才将他们拉开。

后来,小雨走了,跟随她父母回苏州了。

小雨一家回城的那天,有很多人送,桑白就躲在人群里。那天,小雨没有梳辫子,而是将头发披散在肩上。桑白觉得,其实小雨不梳辫子也很好看。

小雨上车的那一刻,桑白哭了。桑白知道,自己也许永远不能再见到小雨了,那个摸一摸小雨辫子的想法也永远不会实现。

后来,桑白考上了苏州大学。毕业后,桑白留在苏州,并且娶了苏州的一个姑娘为妻。妻子长相一般,却梳着一对长辫子。桑白看着妻子的长辫子就想起小雨。

新婚之夜,桑白将妻子深情地拥在怀里,一遍遍地抚摩着妻子的长辫子,并且贪婪地在妻子的发丝上亲吻。

以后,每个夜晚,桑白都这么做。

现在,躺在医院病床上的桑白,脑海里经常闪现出飞舞的长发,时而拧成一根辫子,时而像瀑布一样流淌开来。

闭目静思的桑白,忽觉有柔柔的东西拂着他的脸。他睁开眼睛。他看到了小雨。小雨没有变,还是小时候的模样,皮肤白白的,眼眸亮亮的,梳着一条辫子。小雨低头跟桑白说话,那辫子就落下来,正好落

在桑白的脑门儿上。辫梢在桑白的脑门儿上轻轻地拂来拂去,桑白伸手就接住了那辫梢。桑白的手太瘦,干瘦如柴。桑白就用干瘦如柴的手在小雨的辫梢上深情地摩挲着。

一声惊叫将桑白震醒。他赶紧松开手。桑白看到为他打点滴的女护士,狠狠地瞪了他一眼,一甩辫子,出了病房。

女护士到了隔壁的一间病房。病房里住着一位老太太。女护士边为老太太打点滴边说,妈,隔壁有位老头儿,刚才,我为他打点滴时,他竟然用手摸我的辫子,真是个老神经,我回去可得好好洗一洗。

老太太沉默不语,只是习惯地用手摸了摸头,可她只摸到光光的头皮。老人患了癌,由于化疗,大片的头发都脱落了。

老人很疲倦地闭上眼睛。

从隔壁房间,传来哭声一片。

小 中 医

○邓洪卫

　　小杨先生是个中医,擅长中医妇科。小城的妇女,身子不适,比如,心悸失眠、月经失调等等,都来找他。

　　小杨先生手把一玻璃茶杯,稳坐"正春堂"。他头发前疏后稠,脑门儿锃亮,能照出人影。来瞧病的妇人,无须多言,侧身坐下,伸出手来,枕在棉垫上。小杨先生不慌不急,拢右手三指,切在妇人手腕处。

　　切完左腕,切右腕。左腕心肝肾,右腕肺脾命。再看唇色,看舌苔。已成竹在胸。开方拿药。数日过后,妇人又来,必面带喜色,放下一袋水果,一迭声地道谢。

　　小杨先生大号叫杨正春。高中时,到县中医院去玩,看到一个老中医,闭目为病人号脉。这老中医,面色红润,气若闲云。一双手遒劲有力,筋络分明。正春顿觉心弦一动,似被那双手拨弄一下。高中毕业,正春就上了省医学院,读的是冷门的中医专业。

　　毕业后,到医院上了三年班,不满于医院的怪异现象,遂辞职开了一个中医诊所。挂牌"正春堂",专治妇科病。

　　跟少妇们打交道,正春很注意分寸。从号脉到开方,都很严肃。只是到打药的时候,才轻松起来,说两句笑话。正春说,说说笑笑,心情愉悦,有助于调节身体机能,这是心理疗法。所以,妇人们都和正春

很熟,也很信任他。有些话,不跟自家男人说,却跟正春讲。

有个妇人,叫张海梅,最近陷入了一场情感纠葛,与大自己十岁的上司打得火热。偏上司舍不下结发妻子,犹豫不决。海梅就窝着火,精神萎靡。遂来找正春诉苦。

正春劝道,婚姻就像开药方,得搭配合理,相辅相成。开好的药方,不能随意多加一味。多加,不仅无益,反会生出毒性。和婚姻以外的异性相处,应当适度,就像熬中药,不能过,一过,就失去了药性,就是一堆废渣儿。你和那上司,不如现在好聚好散,各顾家庭,免得走过了头,自讨苦吃。一席话说得海梅心平气顺。不久,海梅就和上司断了,一心顾着家。

正春劝人多矣。

正春今年三十六岁,有一个端庄贤惠的妻子,还有一个活泼聪颖的女儿。

那天,女儿看到电视上有一个阿姨弹钢琴,一下子就迷住了。女儿说,爸爸,我也要像阿姨那样。正春嘴上应着,心里却犯难。妻子一年前下岗了,至今没找到工作。他的中医诊所虽然表面上兴旺,但因价格公道,利润并不高。光一架钢琴就要一万多块钱,更别说昂贵的学费了。

正春就说,等等吧。

正春心里有一个计划,就是扩大经营,开一个中医茶社。一方面普及中医,另一方面,能多赚点钱。

就在两个月前,正春的诊所前停了一辆轿车,车上下来了一个穿着讲究的女人。女人走进室内,摘下帽子,取下围巾,冲着正春莞尔一笑。正春眼睛一亮:李婷婷!

婷婷是正春的高中同学,校花,当年曾与正春相恋。那时正春正是早晨八九点钟的太阳,风华正茂,意气风发,并且擅长吹竹笛。常在

夕阳西下之时，持一管竹笛，信步到响水河堤，对着滔滔河水，吹一曲《江河水》。婷婷则卷一本书在河堤上散步，侧耳欣赏这优美的乐声，观察吹笛人的高雅气质。就在这缥缈的笛声中，这对才子佳人完成了高中学业，考上了不同的大学。头三年，还经常联系。到了大四，李婷婷的一封绝交信，将正春推进了冰窟窿。

坐在"正春堂"的李婷婷，面带愧意。她说，她大四那年，认识了一个有钱的老板，毕业后就嫁了他。最近，她代表丈夫回乡投资办厂。一切安排妥了，抽空来看看老同学。另外还有一事，就是自己的脸上陆续出现了许多褐斑，又常觉腹中胀痛，每月的例假，长达十余天。虽看过不少医生，都没治好。听说老同学很有招数，特意前来就治。

正春就给李婷婷号了脉，开出药方来。婷婷连服了半月，居然大见好转。

李婷婷很感激，就请正春到家里吃饭。正春不便推辞，就去了。免不了喝点酒，叙点往事。喝着叙着，李婷婷就抓住了正春的手，面色绯红。

李婷婷说，你就关了诊所，到我公司来任职吧。

正春说，我不懂经商，只会中医。

李婷婷说，也行，你就做我的私人医生，年薪十万。

正春的耳边响起女儿的话：爸，我想学钢琴。

正春的眼前还晃动着"中医茶社"的匾额。

正春的心有些动。

此时李婷婷取下墙上挂的竹笛，交给正春说，这是跟老公在美国的乐器行买的，你能为我吹一曲吗？

正春接过，去了套。果然是把好笛。光是镶嵌的那两块玉，就值上万元。

正春将笛子放在唇边，犹豫片刻，又放下了。他将笛子还给了李

婷婷,说,我再考虑考虑吧。

回到"正春堂",正春从箱底找出一管笛子来,仔细抚摩着。

这支笛子是高中毕业时,李婷婷送的。正春把它放在箱底,从来没用过。正春有许多年没吹过笛子了,也许是从李婷婷和他断交的那一年吧。

现在,正春将笛子放在唇边,优美的旋律从唇边飘散出来。

是熟悉的《江河水》。

吹着吹着,正春的眼里有了泪。

正春放下笛子,觉得整个人都要虚脱了。

关了门,正春到乐器行里挑了一支竹笛回到家中。

正春对女儿说,来,爸爸教你吹笛子,笛子也能发出世界上最动听的声音。

草　绳

○张晓林

　　宛秋是围镇富豪王雅雨的小女儿。才十七岁。是个妙龄少女。姿容美丽,体态绰约。喜欢穿素纱长裙。有月亮的夜晚见到她,十有八九会把她当作仙子。宛秋的嘴很小,红唇一滴,就像一粒鲜嫩的樱桃。

　　围镇想吃这粒樱桃的人不少。

　　于子久也想吃这粒樱桃。

　　于家是围镇名门。几代都做丝绸生意,家底厚。子久的父亲和雅雨是世交,逢年过节,两家都要来回走动走动。打打牌,搓搓麻将。

　　于子久这人有些怪,他不喜欢做生意,讨厌铜臭。他喜欢画两笔。但也只是玩玩,只是作为一种乐趣。没有名气。

　　子久喜欢画紫藤、竹子。每幅画都要题诗。有一回,他给雅雨画了一幅墨竹。画好了,还题了句诗:

　　空空空,尖尖尖,钻破土皮上了天。

　　子久性喜诙谐,人有些豪放不羁,题的诗多少有点打油意味。

　　除了紫藤、竹子,子久有时也画画小猫、小虾。这些画画幅一般很小。小猫两只,小虾数尾,倒很有趣。

　　子久画小猫,画小虾,是为了讨宛秋的欢心。

宛秋就喂了一只小猫,是洁白如玉的那种。这只小猫很温驯,也很乖巧。它常卧在宛秋的脚下打盹,或者抱着宛秋的线团在地上撒娇。宛秋睡觉的时候,它还会往宛秋被窝里钻。

宛秋的被窝谁都不能钻,只有这只小猫能钻。

子久很想变成这只小猫。

除了小猫,宛秋还喜欢吃炸得焦黄焦黄的小虾。

子久常去雅雨家玩。雅雨也高兴子久去他家。

可是,宛秋不喜欢他。

宛秋不仅人长得漂亮,也很有才华,喜欢读李清照的《漱玉词》,是个才女。她不喜欢子久,不为别的,是嫌子久画画得不出众。诗、文章也不出众,不会赶上唐伯虎、赵明诚。

她要嫁画家,就要嫁一个大画家。嫁文人,就要嫁一个大文人。

每个才女都会有这种想法。

子久不泄气。他觉得他一定能让宛秋嫁给他。

他还是去雅雨家,一月去上两三回。

子久也有些鬼点子,他把宛秋的丫环艾香给收买了。

雍丘有一种胭脂,很有名气,价钱高得吓人,也不好买到。闺阁中的少女少妇都喜欢这种胭脂。

子久常买这种胭脂。去雅雨家,就袖在袖筒里,瞅空子把胭脂递给艾香。

艾香再把胭脂递给小姐。

宛秋喜欢这种胭脂的香味。每晚睡觉前都要搽一点。清早起来,再细细地搽。

时间长了,宛秋就起了疑心。有一天清早,她忽然问艾香:"这样贵重的东西,家里怎么会天天有?"

艾香就说:"这是于相公送的……"

宛秋生气了，把胭脂盒扔在地上，说："你以后再要这样的东西，我打烂你的手！"

艾香把这话又传给了子久。子久笑笑，没说话。子久还不灰心，他相信，一定还有机会。

这一年，宛秋突然得了一种怪病。每到黄昏，她就四肢冰凉，不能动弹，想说话，嘴空张，说不出声，可心里什么都明白。这种病真能把人急死！

请遍了方圆的名医，都没有办法。

有一天，来了一个癞头僧，说话不像中土人，他给宛秋切了脉，想了好大一会儿，才开了药方。

其中有味药，中土没有，得去西域。

可谁去西域呢？

雅雨想派手下人去，可是这味药极不好找，价钱也高，雅雨不放心。恰好子久这时在雅雨的旁边，就说："世伯，让小侄去吧。"

子久简单收拾一下，就去了西域。

风餐露宿，昼夜兼程，三个月后，子久回来了。子久胡子拉碴，俊逸的脸孔变成了刀条条，衣服被荆棘剐得一缕一缕的，像个乞丐。

宛秋吃了药，病果然好了。

宛秋病好后，子久就备了厚礼，托了围镇有名的媒人，向王家正式求婚。

不想，宛秋还是拒绝了这门婚事。

这回，子久才真正气馁了！绝望了！他躺在床上，翻翻这边，翻翻那边，越想越伤心，也越恼火！他决心要报复一下宛秋。

有一天，子久在街上碰见了艾香。艾香是出来给小姐买线团的。子久把艾香叫住了，给她十几枚铜圆，让她去"庄记杂货店"买一根鸡蛋粗细的草麻绳来，然后再把这根草绳偷偷地从小姐闺阁的窗子垂下

来。这事要在五更办，人不知鬼不觉。天一明就去喊老爷，说遭了贼，叫老爷看看那根绳。事前，这根绳谁也不让见到。艾香点头同意了。

子久回到家里，心里也不知道是啥滋味，仔细想想，觉着自己真是疯了！

隔了两天，雅雨来到了子久家，他一个劲儿地叹息，很少说话，心事重重的样子。

接着，媒人就来了，说，宛秋已愿意过门来于家了。

子久听了，呆了呆。他根本想不到事情会有这样的结果。他原是已经绝望，想出出憋在心中的那口气的，没想到……竟会这样吃到了那粒诱人的樱桃！按理说，子久应高兴才是，可是子久怎么也高兴不起来。他忽然之间觉得，那粒樱桃已经变味了。

果然，宛秋变得有些迟钝了，往日的才华在她身上消失殆尽。她不再读《漱玉词》。那粒鲜嫩的樱桃也失去了往日的光泽。

子久也不再画画儿了。

茶　肆

○张晓林

乾隆年间,围镇西门外霍家桥头,有一家小茶肆,两间茅舍,几张桌凳,茶叶也常见,无非是些柿叶、红枣皮、甘草一类。

来这里喝茶的,多是些过路的乡下人。这些人腰里都很羞涩,即使生意不错的时候,也只能糊口而已。

茶肆老板方二郎倒很知足,整日拎个茶壶,跑里跑外的,见了人,便满脸含笑地打招呼。

到了夏天,喝茶的人多起来,方二郎的老婆就过来帮忙,顺便进一些纸扇摆在茶肆里卖。

这一年夏天,天热异常。黄昏,茶肆里来了一个骑毛驴的汉子,脸色很难看。他要了一碗茶,刚喝了两口,"哗啦"一声,人摔在了地上。

方二郎大吃一惊,急忙跑过去。汉子原来是中暑了。方二郎便把汉子背到临窗的方桌上,喊老婆去门外井中打一桶凉水,把汉子上卜脱得只剩下一件大裤衩,从肩头取下毛巾,浑身狠擦了一遍,又用被单在水里湿透,把汉子裹了。

到了半夜,汉子能说话了,才知道汉子叫龚万钟,是汴梁东门里人,在雍丘做县尉。因天下太平,衙门里没有多少事可做,就来乡间溜达溜达,采些民风。

不想就中了暑。

隔了一天，龚县尉已恢复如初，便要返回县衙。临行，朝方二郎深深一揖，说："救命之恩，来日一定报答！"

骑驴而去。

过了数日。一天，方二郎正在烹茶，忽听肆外有驴蹄声，伸头一看，见一人正从驴背上跳下来，正是龚县尉。龚县尉今天穿一袭紫色长衫，白面微须，竟是一儒雅书生。

龚县尉走进茶肆，要碗茶吃着，对方二郎说："我在县城给你盘下一家茶馆，不知你意下如何？"方二郎闻言，几乎不相信自己的耳朵，还没说话，老婆在一旁就急了："你方家几代都想进城开茶馆，这不圆了他们的心愿！"

二郎答谢，心中却又有几分舍不得这个小茶肆。

龚县尉替方二郎张罗的茶馆在县城的最热闹处，上下两层小楼。招牌已经挂上，上写"八才子"，名字起得很雅气。

茶馆开张，生意竟是十分红火。

龚县尉也常来茶馆闲坐。有时还给二郎传授点茶经。譬如，他说煮茶要用炭，不要用柴禾，用柴禾会有柴烟，这种烟古人称它"茶魔"，一旦串入茶内，喝着就有异味，是大煞风景的事。二郎才知道龚县尉原来是个烹茶的高手。

慢慢地，二郎和老婆都觉得龚县尉已是他们这个家庭中的一员了。

过了二三年。

有一天，突然一场大火，将"八才子"茶馆烧了个干干净净。二郎望着大火，连吐三口鲜血，竟是一病不起。

龚县尉匆匆赶来，含泪帮着料理了二郎的后事。又掏钱给二郎老婆租下一间房子，让她暂住。

方二郎老婆别无他长，就到街上卖纸扇谋生。

一日，方二郎老婆顶着烈日，从早晨到黄昏，也没卖出几柄扇子，人都饿得发昏了。恰好，龚县尉从此处路过，睹此情景，喉头酸涩，走过去，让人去附近的铺子里买来笔墨颜料，给二郎老婆画了二十柄扇子。

这二十柄扇子很快就卖出去了，每柄扇子竟卖到了五百文铜钱。

以后的一段日子里，二郎老婆就不停地去找龚县尉给她画扇子。日子又见滋润。内心感激，就请人给龚县尉塑了一尊雕像，供了起来，焚以香火。

不久，雍丘县令他任。龚县尉被提升为县令，政务多起来。

一天黄昏，龚县令断清一起棘手的案子，拖着疲惫的身躯刚走出县衙，二郎老婆就迎了过去，结果被衙皂轰开了。并朝她大声喝斥道："县令日理万机，哪有时间天天为你这老婆子画什么扇子！"第二天，二郎老婆就去龚县令常走的路上等，可等了两三天都没有等到，便认为这个县令是有意在躲她。

有一回，龚县令的轿子过来了，二郎老婆去拦轿子，结果又被人架开，轿子从她眼前逶迤而去。

二郎老婆就趴在地上很可怜地哭起来。指着远去的轿子，一边哭一边骂："忘恩负义，一升官，脸就变！"惹来一圈围观的闲人。

这是个很要强的女人，她回去就把龚县令的塑像从桌子上摔到了地下。把她的一点东西收拾个小包袱，回到了圉镇。

坐在已经荒凉的小茶肆里，二郎老婆就会想起那个酷热的黄昏，就会咬牙切齿一番：

"你这个短命的，为什么要去救那个忘恩负义的狗官呢？"

龚县令一日闲暇，忽然记起有一段时间没给二郎老婆画扇了，便想在女牢中给她谋个差使，做点杂活，也算有个长久去处。派手下人去找她，手下人回来说："人已经不见。"

认　牙

○冯骥才

　　治牙的华大夫，医术可谓顶天了。您朝他一张嘴，不用说哪个牙疼、哪个牙酸、哪个牙活动，他往里瞅一眼全知道。他能把真牙修理得赛假牙一样漂亮，也能把假牙做得赛真牙一样得用。他哪来的这么大的能耐，费猜！

　　华大夫人善、正派、规矩，可有个毛病，便是记性差，记不住人，见过就忘，忘得干干净净。您昨天刚去他的诊所瞧虫子牙，今儿在街头碰上，一打招呼，他不认得您了，您恼不恼？要说他眼神差，他从不戴镜子，可为嘛记性这么差？也是费猜！

　　后来，华大夫出了一件事，把这两个费猜的问题全解开了。

　　一天下晌，巡捕房来了两位便衣侦探，进门就问，今儿上午有没有一个黑脸汉子到诊所来？长相是络腮胡子，肿眼泡儿，挨着右嘴角一颗大黑痣。华大夫摇摇头说："记不得了。"

　　侦探问："您一上午看几号？"

　　华大夫回答："半天只看六号。"

　　侦探说："这就奇了！总共一上午才六个人，怎么会记不住？再说这人的长相，就是在大街上扫一眼，保管也会记一年。告明白你吧，这人上个月在估衣街持枪抢了一家首饰店，是通缉的要犯，您不说，难

道跟他有瓜葛?"

华大夫平时没脾气,一听这话登时火起,"啪!"一拍桌子,拔牙的钳子在桌面上蹦得老高。他说:"我华家三代行医,治病救人,从不做违背良心的事。记不得就是记不得!我也明白告诉你们,那祸害人的家伙要给我瞧见,甭你们来找我,我找你们去!"

两位侦探见牙医动怒,龇着白牙,露着牙花,不像装假。他们迟疑片刻,扭身走了。

天冷了的一天,华大夫真的急急慌慌跑到巡捕房来。跑得太急,大褂都裂了。他说那抢首饰店的家伙正在开封道上的"一壶春酒楼"喝酒呢!巡捕闻知马上赶去,居然把这黑脸巨匪捉拿归案了。

侦探说:"华大夫,您怎么认出他来的?"

华大夫说:"当时我也在'一壶春'吃饭,看见这家伙正跟人喝酒。我先认出他嘴角那颗黑痣,这长相是你们告诉我的,可我还不敢断定就是他,天下不会只有一个嘴角长痣的,万万不能弄错!但等到他咧嘴一笑,露出那颗虎牙,这牙我给他看过,记得,没错!我便赶紧报信来了!"

侦探说:"我还是不明白,怎么一看牙就认出来了呢?"

华大夫哈哈大笑,说:"我是治牙的呀,我不认识人,可认识牙呀!"

侦探听罢,惊奇不已。

容城名医

○立 夏

容城这地方，依山傍水，却不以山水闻名。

小城出名医。传说历史上容城曾因战乱有过几次瘟疫，一些游方郎中行医到此，喜小城山清水秀，民风淳朴，纷纷落户，时间一长，成了规模。

城里共有大大小小诊所十几家，最出名的当属冯氏和李氏两大诊所，这两家都是医药世家，根底深厚。不过，像康德堂、存寿堂这样的小药店，也有安身立命的妙招，他们会时不时请些外地专治某类疑难杂症的大夫来坐堂问诊，也很受病人的拥戴。

康德堂新来了一名神医，这个消息从容城的东头传到西头也就用了两天的时间。在容城，最有价值的信息永远都别指望在街头报童手里挥舞的报纸上找到，必须得由那些太太、老妈子们现身说法，口口相传，才有人信。

康德堂门前的队伍已经排到了拐角，不得不派伙计维持秩序。神医却不急不躁，稳坐堂中，气定神闲地搭脉问诊，确有大师风范。其实荣城人最稀罕的，还是神医垂到胸前的飘飘长髯，在荣城人心目中，年龄是识别名医的首要标准。

当然，光有胡子也不足以一下子名声远扬，令神医名气大振的第

一件事,是治好了南货店张老板久烧不退的小孙子。那宝贝孙子已经烧了一个月,几乎在容城大大小小的诊所都转了一遍,连冯氏诊所的冯老先生都束手无策,而神医把他治愈,仅仅只用了三帖药。

连吴家公子都来找神医了。他的病十分蹊跷,十四五岁的时候去看了一场夜戏,回来后大病一场,治愈后,整个人有气无力,却不痛不痒,已有好几年了,再高明的大夫也找不出他的病症所在。容城人都说他是撞了鬼了,这病没法治。大家看着吴家公子病歪歪地由家人扶着进了康德堂,主动让开一条道,都想看看这神医怎么给吴家公子看病。神医一如寻常,搭脉开了方子,说回去吧,三天后再来。"这样就行了?"这事像个谜团,家家都在议论,还分成了两派。力保神医的那一派坚信不疑,说神医如此轻松,必有把握,看着吧,三天后定是药到病除。怀疑派则认为冯李两家的老先生研究了数年都未能治愈的病,哪能让一个外来郎中轻轻松松就能治好呢?整个容城为此吵翻了天。有一家子里分成了两派,争得锅清灶冷都没人做饭了。

三天后,吴家一干人冲到康德堂,扬言要砸了药店,说吴公子本来还能扶着走几步,吃了药,三天水米不进,身上起了无数透明的疱疹。看热闹的便一边倒地说:我早知道,哪有这么容易就治好。神医微微一笑,开了方子,说按此服药,三天后再来。吴家人将信将疑回了家,细细照料。三天后,吴少爷身上的水泡悉数褪尽,脸色慢慢恢复了红润,身体也日渐强壮,乐得吴老爷重金上门酬谢,连连赔罪。从此,神医的名气更响了。

秘密最终是被王老太的小孙子揭破的。那天,王老太带小孙子看病,那小孩正是最顽皮的年纪,一双手闲不住,趁着王老太跟神医正说病情,一把扯了老先生的胡子。王老太太想制止已经来不及,只看见胡子已被扯下一大绺,把她吓得脸煞白,定睛一看,那胡子却没连着皮肉。

神医苦笑着把脸上的胡子整个拿了下来。王老太太一惊,这不是陆家的小少爷陆机吗?原来这陆机自小体弱多病,在容城的诊所却总调理不好。后来有远方亲戚来串门,说他们那儿有个名医,医术奇高,可以带陆机去试试。那名医果然了得,而且见到少年陆机,竟一眼投缘,收他为关门弟子。十几年后,名医意外过世,陆机已得真传,想回乡找个诊所治病救人,却屡屡碰壁。因为他实在太年轻,诊所只肯收他打杂。康德堂的康老先生和他家是世交,经不住他死缠硬磨,试着让他坐了几天堂,竟没一个病人上门。不过几天下来,康老先生发现陆机的医术确实深不可测。无奈之下,出此下策,帮他想了这个法子,陆机因此一夜之间成了美髯公,凭着这胡子,陆机小试身手,就一举成名。

摘了假胡子的陆机还是名医,容城人已对他深信不疑。只是那些在容城大大小小诊所打杂的年轻人,一大半没了踪影,听说都跑到外地粘上假胡子行医去了。后来,有几个还真成了不小的气候。

药膳大师

○凌鼎年

在娄城餐饮界,有个不成文的规矩:凡开张饭店的,不请市里的头脑可以,不请场面上露脸的那些款爷富婆可以,但假如不请戚梦箫光临,不请他说几句好听的,那我敢打赌,这饭店的生意必定好不到哪儿去。

为何?难道说这戚梦箫比市长还厉害?

嗨,你还真说对了一半,戚梦箫在餐饮界的知名度高着呢,外号"美食家"。据说其祖父是清朝皇宫里的御厨,父亲曾是上海国际饭店特聘掌厨。他本人呢,虽不是啥名厨,却整理出版过一本《娄城历代名菜谱》,还被美食刊物特聘为顾问,连省电视台也专程到娄城为他拍摄了《娄城美食家》的专题片。

由于戚梦箫有如此知名度,娄城的那些老饕们自然十分注意他的动向,他不肯捧场的饭店,他们自然极少光临。如果戚梦箫在某个场合说了某某厨师或某道菜味道不错,那必有不少人慕名去尝一尝。影响最大的一招是戚梦箫闲来无事时还会写篇文章,或介绍一道传统名菜,或介绍一道特色名点,还会说某家饭店或起色了或滑坡了,这就使得戚梦箫的一言一行在一定程度上影响着娄城的餐饮界。因此,宾馆、饭店、酒家的老板都巴结他,只要他一到,"戚老,戚老""老法师"

"美食家"之类的称呼就不绝于耳，必上最好的菜、最靓的汤，让他品评，请他指点，唯恐怠慢了他。

却偏偏有不识相的。这不，刚开张的大学士街的"王记药膳菜馆"，竟然没有请戚梦箫。

据知情人透露，开张前有人提议不请谁都可以，戚梦箫是非请不可的。谁知菜馆的总经理王一脉竟然大言不惭地说："酒香不怕巷子深。"似乎对戚梦箫不屑一顾。

"王记药膳菜馆"的反常举动引起了媒体的好奇，他们很想知道菜馆吸引顾客的绝招何在，就去采访了王一脉。

王一脉告知记者：四百多年前，李时珍来娄城拜访其先祖王世贞时，请王世贞为《本草纲目》写序，这本《本草纲目》在王世贞处一放就是十年。直到 1590 年，王世贞临死前才看完了全书，写了序言。其实有一个细节外人不知，王世贞请人抄录了其中的药膳部分，共有四百多个食疗医方呢，成了他们王家的传家宝。现在传到了他手里，他正是根据这些食疗医方才开这爿药膳馆的。哇，来头还不小呢。记者们顿时来了兴趣，要请王总经理详谈一下有关药膳知识。

谁知这一问，问到了王一脉的心坎上，他侃侃而谈起来，什么"虚者补之"，"实者泻之"，"寒者热之"，"热者寒之"；什么"肺宜辛，心宜甘，脾宜苦，肝宜酸，肾宜咸"；什么"春不食肝，夏不食心，秋不食肺，冬不食肾"；等等。一套一套的，听得见多识广的老记们一愣一愣的。王一脉趁热打铁，邀请老记们吃一顿便饭，尝一尝他的手艺，免得被人说"天桥的把式——光说不练"。

记者们已被他说得口水都要流出来了，都说："你不请我们吃，我们就不走了。"

王一脉叫手下端来了玉米须炖龟、姜汁拌海螺、泥鳅钻豆腐、百合鲤鱼、天冬炖鸡、陈皮扒鸭掌、杜仲腰花、荸荠狮子头、枸杞汁熏麻雀；

素菜类有琥珀莲子、冬菇萝卜球、口蘑椒油小白菜、酿煎青椒、韭菜炒胡桃、葵花豆腐,还有竹荪芙蓉汤与茯苓烙饼小点心,最后上了芡实粉粥与山药粥各一盆。

吃得记者们一个个都说:"味道好极了!"

王一脉呢,在边上介绍如何选料、配料、用料,如何掌握刀法、火候,如何做到形、色、香、味俱全,还一口气说了要"不偏不倚,不韧不糜,不老不嫩,不坚不滑,不燥不寒,不涩不腻,不咸不淡,不艳不暗,不大不小",听得记者们个个目瞪口呆。其中一个专跑饮食线的老记由衷地说:"你王总才是真正的美食家,今天我们算是开了眼界,享了口福,饱了耳福。"

第二天,市报上一篇《访药膳大师王一脉》的专访登了将近半版,还配发了照片。市电视台在《生活》栏目播放了《别具一格的药膳菜》,电台则播了《真正的美食家王一脉访谈录》,网站还把"陈皮野兔肉""田七鸡杂炖鲫鱼""东坡童子甲鱼""绿豆汤西瓜盅""蟹黄鱼翅""当归枸杞鸡""壮阳乌龟汤"等菜式的照片发到了网上。

这股宣传势头使得"王记药膳菜馆"一时名声大噪,食客盈门。

戚梦箫原本以为王记药膳菜馆早晚会请他的,但现在看来这种可能性很小,他有点坐不住了。他是吃遍娄城皆上宾的美食家,现在如此美食品尝不到,浑身难受。从另一方面讲,他也实在想去实地看一看、品一品,可他又实在不好意思自己跑上门去吃。总算有人看出了道道,请戚梦箫去品尝药膳菜。

戚梦箫去之前,特地翻了唐代孟诜的《食疗本草》、南唐陈士良的《食性本草》、明代汪颖的《食物本草》等,以防到时出洋相。

尤论怎么说,戚梦箫是老吃客了,嘴早吃得极刁极刁,但当他品尝了百花鱼肚、香酥飞龙、柳蒸羊羔、蝴蝶海参、卤猴头菌、燕窝人参羹等药膳菜后,一语不发。席散后,他突然大喊道:"把老板叫出来!"

请客者蓦然一惊,怕戚梦箫说出些不得体的话来,忙说:"戚老,你今天喝多了,走吧,走吧。"哪想到戚梦箫坚持不肯走,非要见王一脉不可。

王一脉见是戚梦箫,忙说:"失敬失敬!"

戚梦箫也不客套,直截了当说:"虚头话不说了,拿笔墨来!"

戚梦箫略一凝神,提笔写下了"良厨有如良医,诚药膳大师也"。

落款后,他笔一扔,头也不回地走了。

花 鼓 桥

○高　薇

　　他,已经在这干冷的风中站了好久。

　　"大人,该找个店歇息了,好像要下雪了……"一个仆役打扮的后生,仰头望望灰蒙蒙的天空,脸上满是焦急之情。

　　"连日逐沂水、傍蒙山行,颇有山水趣。又二十里,宿青驼寺。古人云:'佛刹有青石驼,蹄腹陷于土,唯头及鞍尚可辨……'李鼎元《使琉球记》中记载的就是它了。"他似乎没有听见后生的话,仍然神情专注地望着眼前的两个青石驼。

　　一阵风呼啸着从空旷的田野上吹来,年轻后生禁不住打了个哆嗦。这么冷的天,大人围着这两个青石驼已经转了半天,有什么好看的? 真让人想不明白。他感到自己的双脚已经冻麻木了,真想使劲跳上几下,却又不敢。

　　风终于挟着细碎的雪花从天空中飘下来,打在他挺直的脊梁上。

　　"大人,下雪了……"

　　"嗯。"他应了一声,并没看年轻后生一眼。只见他神情肃穆,向后退了一步,面对着两个青石驼,躬身拜了下去。

　　"大人,您……"年轻后生轻轻喊了一声,也赶紧在他身后跟着拜了下去。

黄昏时分,他们进了村子。

村子里没有半点寒冬的冷清,倚街而开的店铺门前,大红的宫灯在风中飘摇,发出红彤彤的光,人进进出出,一片热闹景象。沿着青石板铺就的路往里走,在村子中央,有水沟相连的两个水塘,一座青石板铺设的小桥跨沟而过,将村里东西两条主街连接起来。

一行人在石桥东边的街口停下,望着石桥两边小镇上的一片繁华,不由感叹起来。

"大人,咱们在这里找个店歇息?"年轻后生看到他闪亮的目光一直在石桥对面的几家店铺间扫来扫去,估计是对这一带产生了兴趣。

"嗯。"他又应了一声,抬起脚,踏上石板桥。

"花鼓桥,好。"他望着石桥对面一个最大最亮的招牌,脸上露出一丝不易察觉的微笑。

还没等迈下石桥,迎面店铺的珠帘一挑,一位发髻高绾明艳俏丽的女子轻盈地飘至眼前。招呼他们坐定,茶水饭菜就上来了,女人不离左右伺候着,眼光一直在他脸上扫着,寻找着可谈的话题。

"这位官爷,看您气定神闲的样子,就知道是个大官,我说得对吧?"女人说着话,朝他嫣然一笑。

他淡淡地说:"大官和小官怎么区分?"

"官爷,不瞒您说,我们这可是老字号了,连康熙乾隆皇帝都从咱们这里经过好几次呢,这青驼人可是见过世面的,还能分不出大官小官的模样?"女人的声音清脆,说起话来如行云流水。

"你这门前的桥叫'花鼓桥'吗? 这名字很雅致呢。"他似乎兴致颇高,和女人一问一答攀谈起来。

"是啊,这桥两头是用鼓撑着的,桥面的青石板上雕刻了精美的花纹,所以就叫这名字了。官爷,您要是夏天来,那才有好景致看呢!"

"说说看,夏天是什么样子?"他呷了一口茶,瞅着女人说。

"夏天,汪里的芦苇、菖蒲、水草长得满满的,水都是绿莹莹的,一群群的蝌蚪、鹅鸭,在碧绿的水里游来游去,还不叫美?"女人大大的眼睛里满是笑意,顺手又给他们添了一遍茶水。

"还有什么,都说来听听。"他好像被女人的话激起了更浓的兴趣,又对女人说道。

"说个奇怪的事给你们听,夏天这北汪的青蛙叫得欢畅,南汪的青蛙却闷声不响,相信不? 嘻嘻。"女人掩了嘴朝他笑着,一副顽皮的模样。

"哦,有这等事?"他惊奇的目光射向女人那张好看的脸庞。

"嗯,传说早年葛仙翁在这花鼓桥客店南边的客房歇息时,被蛙声吵醒,他随即写了张字符扔进南汪里,于是青蛙就不叫了,嘻嘻。"女子轻笑着,样子很是迷人。有一瞬间,他的心恍惚了。

"葛仙翁? 传说葛仙翁曾在这里炼过丹的吧?"

"是啊,是啊,往东十来里地就是尚庵寺,就是葛仙翁修行炼丹的地方,官爷,您可真有学问。"

"那葛仙翁一定留下一些奇方妙术吧?"

"官爷您还真说对了,有些皇宫里治不好的病,在民间也能治呢,就像蛇胆疮、牛皮癣、羊角风什么的,都能治呢!"

"牛皮癣也能治疗?"

"是啊,我家妹子的公爹就会治,也是祖传秘方呢。"

他的心头忽然间翻起一股波浪,身上的奇痒又发作起来,他尽量忍住。这难耐的奇痒从他生下那天起,算来已伴他走过五十多个年头了,何时是个头呢? 想到这里,他长长地叹了口气。

"官爷,您怎么了?"

"哦,没什么。"

他想起小时候，父亲说在他出生的前一天夜里，曾梦见一条巨蟒腾空而来。第二天，当他带着满身牛皮癣来到世上时，父亲认定他身上的癣是巨蟒的鳞片，竟然喜极而泣。父亲说："我儿日后定能飞黄腾达！"之后，对他是千叮咛万嘱咐，上天赐予的东西绝不能随意消除。

"你那妹子家远不？"他心头忽然间升起一种向往，多少次了这种向往瞬间升起，又倏忽熄灭。

"不远，也是这青驼镇的，店铺就在西头。官爷，妹子家的药灵着呢，虽然价钱贵了点，但保管药到病除！"女人似是看出了他的犹豫，试图努力地说服他。

"明天，再说吧……"

冬天的夜很短，天蒙蒙亮，他就起床了。

年轻后生说："大人，不是去拿药吗？"

"留下住店钱，我们走。"

"大人，不去取药了？"

他挥起马鞭，在马背上猛抽一下，那匹枣红色的马咴地一声，腾空而起，向着远方奔去。

【注：1868年（清同治七年），曾国藩被授武英殿大学士，由两江总督调任直隶总督。农历十一月，从江南返回北京，曾途经青驼。他在十一月二十五日的日记中有记载。】

谁 杀 我

○蔡　楠

扁鹊终于来到了秦国。

来到秦国的当天,他就被太医令李醯请进了咸阳宫。

李醯是奉命请扁鹊给秦武王治病的。正值盛年的秦武王本来要出征韩国的,可突然面部长了一个肿瘤。太医令李醯久治不愈,武王大为恼火。李醯情急之下,连忙修书一封,火速派人邀来了在齐国行医的扁鹊。

扁鹊进宫,看见了那颗长在武王耳前目下的肿瘤。他说,无妨,很简单,我用针砭之术即可除掉。秦王不语,群臣大哗。李醯趋前一躬,对扁鹊和秦王说,此疾长在近眼之处,万一手术不成,大王就可能耳不聪目不明了。

扁鹊摇摇头,收拾了药石器械,转身欲走。秦武王急忙起身,一把拉住了扁鹊,先生莫走,寡人同意手术!

手术很顺利。不久秦武王病愈。病愈的秦武王再一次把扁鹊召进了咸阳宫。武王说,先生,寡人想让你留在秦国,寡人的大业需要你啊!

扁鹊手捋长髯朗朗一笑,大王,民间的百姓更需要我,我是属于天下人的。再说,李醯的医术足可以帮你平定天下的。

扁鹊准备带着弟子子仪、佚妹夫妇离开秦国。临行那天,太医令李醯置酒为扁鹊师徒饯行。李醯连敬扁鹊三碗秦国老酒,然后扑通一声跪倒尘埃,一路走好啊!

李醯派人护送扁鹊师徒出了咸阳城。

转眼已是秋天。扁鹊行医来到了崤山脚下。过了崤山就是魏国,扁鹊想,治好魏文王的病,我就该回白洋淀老家了。我已经出来得太久了。

师徒三人正要过山,却见山脚下茅草房里走出一个满脸皱褶的老妪。老妪颤巍巍地说,先生,我家老汉病了!

扁鹊停住了上山的脚步。他让子仪夫妇先过山,自己急忙随老妪走进了黑漆漆的茅草房。那生病的老汉头发蓬乱,脸色蜡黄,披着破被坐在床沿。扁鹊伸出右手正要给病人把脉,冷不丁反被病人扣住了脉门,同时,一柄尖刀抵住了他的心窝。

终于等到你了,扁鹊先生!病老汉甩掉破被,拽下假发和脸上的伪装,声音坚硬地说。

你是刺客?扁鹊平静地问。

是的。刺客爽快地答。

我和你往日无冤,近日无仇,你为何要杀我?扁鹊那双能透视病情的眼睛针一样扎过来。

刺客的眼睛就痉挛了一下,我……我杀你不为冤仇。

那就是秦武王派你来杀我的——我没有答应侍奉他,他一定恼恨于我了。扁鹊抽了抽手,抽不动,反被刺客往怀里拉了一下,锐利的刀尖刺破了扁鹊的衣服。

不是武王。武王想杀你,你出不了咸阳宫。

这就怪了,想我扁鹊一介布衣,凭医术周游列国,普救苍生,既不争权夺势,也无恃宠篡位,谁要杀我?

刺客说,是你自己!想先生精通望闻问切,针石如神,名冠诸侯。别人所不能而先生能,先生以为这是好事还是祸事?

一阵秋风刮进了草房,几片树叶扫在了扁鹊的脸上。扁鹊禁不住咳嗽了一声,刺客的刀子就扎进了扁鹊的肉里。如此说来,是李醯派你来的?

刺客点头,扣住扁鹊脉门的手,用了点力道,先生,李醯是怕你夺了他的太医令啊!

扁鹊又咳嗽了两声,刺客的刀子就刺进了扁鹊的心窝。神医的鲜血顺着淬毒的刀子涌了出来。

你知道我和李醯有什么渊源吗?扁鹊忍着疼痛,望着刺客,眼睛分明黯淡了光芒。

天下人都知道你们是师兄弟,年轻时一起师从长桑君的!

可你和天下人都不知道另一层秘密。我和李醯是同母异父的兄弟!他杀了我,秦武王不会饶他,天下人不会饶他,家乡人不会饶他,历史也不会饶他,这等于是他杀……了……自……己啊!

刺客一惊,欲抽回刀子。可晚了,扁鹊已经扑倒在床沿上。

草房外,响起了急促的脚步声,是子仪、佚妹带人下山来了。

乡村医生

○于心亮

乡村医生没有秘方也没有偏方,医术是中规中矩从书本里学来的。

乡民大多尊敬乡村医生,但也大多挺讨厌他们,因为哪里有乡村医生出现,哪里就基本没什么好事情。再比如过年过节了,要宴请村干部村会计村电工……却唯独少了村医生。

张半农回来做乡村医生,乡民就有点奇怪了。表面上客客气气地打招呼,私下里却在嘀咕:是不是在省城大医院里红包收多了,让领导给开除了,要不回来干啥?外面清风细雨,张半农两耳不闻窗外事,简单把老宅子收拾一下,挂牌坐堂了。

静坐几日,终于来病人了,望闻问切后开出一方子,病人痛苦出一脸难色说:我带钱不够,回去取行不?张半农微笑一下说:行。病人出门就撒步如飞跑二十里去镇上药店买药,过了大半晌回来了,气喘吁吁地对旁人说:镇上药店卖一块三,张半农卖一块两毛九,还是他这里便宜……

张半农忙了起来。总是有人得病,总是有人来,就不得闲了。乡人们看病有习惯,除了说哪里不舒服,还拉东扯西说街头巷尾的事,张半农笑微微听着,最后说一句:病好就不用来了。

因为这句话乡人都挺有意见,说张半农看病好使是好使,就是感觉待人生分点,一点儿也没有热情服务的态度,这都是在省城大医院里惯出来的毛病,看来下乡改造一下,还是蛮正确的……这些话张半农都知道,来看病的乡人为了与他套近乎,基本都会说给他听。

张半农有时出诊,带着一个简便的医疗箱,走几里山路或者几条小河。一个嘴馋的老婆婆多吃了地瓜,烧心得不得了,路难行,来请张半农过去看看。路虽难行,张半农一袋烟工夫就跑到了。在路边挖一棵半夏,切少许送老婆婆服下,没多久老婆婆就不烧心了。孝子感激得不得了,问张半农收取多少钱。张半农一摆手说免费,告辞走了。

走到半路,张半农发现听诊器没了,回去取,听见孝子在屋里嚷嚷:治病用半夏,半夏遍地有,根本不值钱,没法收钱啊!于是就不拿听诊器,故意丢下的,这是让我们送还的时候要提着礼品啊!这个张半农,也太精细了!

门外张半农听见了,取石头打门旁瞌睡的狗,狗狂吠起来。张半农远离屋子站着,孝子跑出来,把张半农重新迎进屋。张半农说口渴,接孝子递来的水,没接住,瓷碗啪一下跌在地上碎了。张半农取钱要赔偿,孝子忙拦住说千万别,你给我娘看病不是也没要钱吗?张半农哈哈一笑说,那我们两清了?孝子也长舒一口气说,两清了!

从此以后,张半农出诊都收取一定费用。虽然不多,但乡人还是有评论:看看吧,看看吧,现在这世道,就没有过去那种为人民服务的精神,一切向钱看!当然也有人会替张半农辩解:人家辛辛苦苦为你们治病,能白忙活吗?换了是你,你怎么做?

说这话的人叫李三采。这人啥都好,就是疑心重。疑心自己得了肠炎,时常去张半农那里买土霉素,不是一片一片地吃,而是一把一把地吃。张半农观察了李三采的排泄物,摇头说你这样可不行,没病也让你吃出病来了。李三采立刻冷下脸说:等肠炎恶变成癌症你就高兴

了,你还是医生吗? 张半农听后,苦笑了一下。

再后来李三采来买土霉素,张半农就不拦着了,单独预备一些开给李三采,并说不要钱的。李三采又不乐意了,说,你看不起我是不是啊? 张半农只好随意地收了一点钱。但就是这一随意,又让李三采疑心了,他带着买来的土霉素跑到县城药监局去化验,化验结果出来了,土霉素是假药,是地瓜面子做的……于是,小村的诊所里来人了,药监局、卫生局、工商局……

虽然张半农出发点是好的,但他的行为还是触犯了相关法律法规,不仅被吊销了各种行医证件,而且还交了一大笔罚款。领导们审查着各部门递交上来的材料,忍不住都会摇头惋惜说:以前的张半农敢面对镜头揭露医疗机构的黑暗,但没多久自己就以身试法。一个人的堕落,是多么的可怕啊,唉……

这一切张半农都不知道,也不想去理会,他默默关掉自己心爱的诊所,要离开了。他很惊奇地发现众多乡民都站在诊所外面目送自己。李三采步履沉重地走过来,声音低微地说:张医生,麻烦你跟大家说说,不要再砸我家的玻璃了,行吗?

天空中飘洒着很细很凉的小雨,张半农就站在雨水里很轻微地叹息了一声……

药　匠

○廖玉群

　　拉卡山坳往西是一片草塘地,再过去,是密密的原始山林,林幽山险,加上草塘做屏障,山林里游勇强盗常年出没。

　　入秋,草塘里芦花扯天扯地地白,在一早一晚的斜风里,芦花飘飘悠悠,把九月的天搅成了雪白的世界。

　　每到芦花飘飞时,抢秋的山匪说来就来。

　　往时,收了秋的大户人家,粮食归仓,当即运送到山洞秘藏,携家带口,翻过拉卡山东边的坳口,有下德桑镇的,也有上镇西圩的,躲过一阵是一阵,在这一带,叫逃秋。

　　这年,芦花又飞白。山匪没有过草塘来——持枪杆的剿匪工作队八月已开进坳里来,山林里的匪徒,能不闻风丧胆?

　　人们估摸,一场恶战,迟早要来。

　　然而,工作队在草塘边的村子里扎下来后,只是按兵不动。

　　工作队的队长,一个身材魁梧的中年汉子,这天甩着长臂,率领几名小兵,大步流星地走向药匠德文家的院里。

　　熟门熟路的,进了院子,队长也不招呼,拉过一个稻草编的凳子,坐在药匠身边,陪着看他忙碌。

　　药匠自顾拿过铁夹,手指一弹就从竹筒里夹起一条雷公虫。雷公

虫在夹子中扭成个"S"，药匠的眼光就黏在"S"上，头埋着，眼皮也没抬一下。

"上山那事，先生可否再思量？"队长看着药匠忙碌的手，说。

药匠把雷公虫一松，丢进酒罐里。雷公虫在罐里跌跌撞撞地爬游，药匠出神地看着它在罐里一圈又一圈地转。末了，才给罐子旋上盖，自言自语："这雷公虫，毒。经过酒泡，就是一剂解毒、治痛的良药。"一番答非所问的话，算是搭了队长的腔。

"先生，上山那事……"

"不上！"药匠的脸，难看。看队长的眼，冒着冷气。

山匪头目的细娃，据说得了什么怪病，一日日下来，人形都变了样。头目放出话来，谁上山治好细娃的病，赏重金。药匠行医多年，心中自然有数，病状虽怪，无非是瘴疬，乃山林里瘴气弥漫、温热蒸郁所致。用他的药方，三五服即可见效。

别说重金，请大轿来抬，药匠的心也不会动一下的。药匠的冷眼里仿佛看见那年秋后的火。山匪抢劫后，烧火断路，草塘成了火海。火舔着苇草，漫延开来。火烧连营，药匠家里的药坛药罐在毕毕剥剥的燃烧中爆起来，娘在火海中颤着的那一声"文儿啊——"，还撕裂着他的心。要上山，除非娘能复活过来。药匠的心已如铁。

工作队却要拿上山治病的事，大做文章。为了请动药匠德文，队长每天来院子里打坐，这已经是第七天了。队长软磨硬泡，药匠软硬不吃："给杀我娘的人救娃，我做不来！"

队长听了药匠的话，知道又碰了钉子。他站起来，和几名小兵把苇秆一捆一捆地扎了，靠在院墙上。墙根下，苇秆堆成了小山包。队长堆好了柴，井里挑水去了。药匠看在眼里，嘴上还是那句话："绝不上山！"

"上一趟山，救人，也救得一方乡土的安宁啊。"队长说着，眼光掠

过草塘。草塘的芦花正在扯絮,一只如豆的鸟儿,在苇叶上轻点一下,惊起,又飞到别的苇子上了。队长看得出神,喃喃自语:"明天,明天就是最后的时限了。这片草塘,又要滚过隆隆的枪炮声。你娘在那头,也不忍看到这样的场面啊。"

药匠的娘,就安葬在草塘那头的山坡上。

药匠的眼睛濡湿了,说:"我……我只是个药匠。没用的药匠,连娘都保不住。"

队长说:"先生,你若肯和我们上山,救了人,我们甚至可以不费一枪一弹,就能救一方百姓,保一方平安啊!"

"土匪的话,能当真?"药匠望着队长问。

队长轻轻地点了点头,目光掠过草塘,悠长,悠长。

午后的草塘,在阳光的怀抱里显得和平安详。蓦地,药匠看到了安睡的娘,平静,祥和,如草塘上空的一朵轻云。他的眼里滚出泪水,转身,默然把药坛药罐装进木箱里。

几天后,山林里面走出大队人马,走在最前头的,是队长,还有挎着药箱的德文。偌大的草塘里芦花如雪,一团团,一簇簇,飘飘洒洒的一大片,和巍峨苍翠的拉卡山,构成了一幅天然的山水画。

杀牛冲

○林俊豪

家乡小镇有位专治伤骨病的青草医,名叫王冲。他年青时身高力壮,力大无穷,还在南少林寺待过,多少学过一些拳术武艺。还俗之后,他连杀只老黄牛都眼不眨、手不麻,外号又称杀牛冲。

杀牛冲在家乡小镇开间青草药店,那些脚扭腰闪的患者,他只要暗发气功,伸手捏拿摆弄几下,再贴上捣碎的青草药,没几天脚腰红肿全退,身体灵活自如。因此他颇受小镇人青睐,大伙称赞他是手到病除、草药显灵的活神仙。

杀牛冲名扬小镇,远近前来探病治伤者络绎不绝,那店门内悬挂着一面面"扶死救伤""华佗再世"的锦旗,随风飘扬。他竟觉得趾高气扬、自命不凡起来。

那天中午,赤日炎炎。有位银丝飘拂、年逾六旬的乡下青草医,为避烈日烤晒,暂将摆在路边的青草药小摊移到杀牛冲店门旁。杀牛冲望见,妒意暗生,有点不耐烦地走过去,嚷道:"喂,乡下人,你怎么将青草药摊摆在咱门前呢?"

那银发青草医听罢,拱手作揖,带点生气地反驳:"先生,如今提倡城乡平等,莫瞧不起乡下人!""呸,城乡平等,那也不能乱抢人家的生意呀!"杀牛冲出言不逊道。

"先生,日头晒得太凶,咱暂时躲避曝晒而已!"银发青草医忍声咽气地回答。

"不不不,马上滚开!"杀牛冲竟飞起一脚,将银发青草医的药摊横扫个七零八落。

那银发青草医也不甘示弱,竟挺起胸膛,一个箭步跨上来评理。

谁料到,杀牛冲竟动真格的,高竖起铁一般强硬的二指,朝银发青草医胫脉部位捅去,暗发气功,呼呼点穴。

那银发青草医只觉得头昏脑涨,浑身不由得一震。作为武林中人,他深知已被杀牛冲暗使气功和致命点穴,身在异乡,无力反抗,只好挣扎着收摊返乡。

不久,银发青草医命危旦夕,临咽气之前,他再三交代孺儿,平时要苦练神功,有朝一日,定为慈父回报二指之仇。

几年过后,又是一个赤日炎炎中午。一位脸色红润、浓眉大眼的十五六岁少年,在杀牛冲青草药店门前摆摊。那杀牛冲瞧见稚童在门口摆青草药摊,露出鄙夷不屑的神气,漫不经心地跨出店门,开口教训:"喂,小小稚童,莫在门口胡乱摆摊,干扰别人生意!"

那稚童佯装不理不睬,仍蹲在地上,埋头料理地摊草药。

杀牛冲怒气顿生,大声喝斥:"小小顽童,速将青草药摊移开,要不,先交一点地租!"说着,他竟扬起铁脚,打算踢翻青草药地摊。

"阿叔,若要地租,请便!"那稚童掏出五元,直往杀牛冲手上塞去。

杀牛冲摊开手掌,正要接过钞票,忽然,只见一道寒光从眼前掠过,那稚童伸出一只铁指,犹如利刃般直朝杀牛冲手心刺去,待他浑身颤抖发麻,已知被稚童暗使神功点穴,击中身体要害部位,心中连连叫苦:"厉害呀,南少林神功一指禅,胜过自己的二指禅呢!"

杀牛冲自知被稚童暗算,不由得怒火中烧,猛地伸出铁拳,欲往稚

童额上致命痛击,谁知那稚童翻滚在地,两腿朝天,左右闪击,不露破绽,使人无法靠近,口里直呼:"大人欺负稚童!"

小镇居民们纷纷围将上来,倒替稚童打抱不平。杀牛冲已知稚童功力深厚,无法抵挡,霎时热血攻心,后悔不已道:"自古英雄出少年,银发青草医已派人报复算账来啦!"

不久,杀牛冲病瘫床上,临终之前,他深长地吐了口气,吩咐子孙后代:"武林人讲究武德,经商人重视商德,害人之心不可有,防人之心不可无,莫因区区小事酿成大祸,切记切记!"

人非圣贤,孰能无过。杀牛冲闻过则改,小镇人仍不忘他悬壶济世的恩泽。

花世界里的人

○丁立梅

他是小镇上有名的老中医,我认识他的时候,他已六十开外了。

他的家,稍稍有些偏僻,在一条巷子的深处。三间平房,很旧了,简陋着,却有个很大的院落。旁边住宅楼一幢接一幢竖起的时候,有人劝他搬家,他不肯,他是舍不得他的大院子。

大院子最大的好处是,可以让他尽情地种草养花。院子里除了一条小道供人走,其余的地方,均被他种上了花。这还不够,他还要把花搬进屋子里。客厅一张条桌上,摆满各色各样的花盆,甚至连吃饭的碗,都用来盛花了。他是花世界里的人。

也种一些奇奇怪怪的药草,清清淡淡的,开小小的白花或黄花。他把这些药草捣碎了,制成各种药丸,给上门求诊的人吃。他的药丸,效果十分显著,尤其针对小儿的腹泻和咳嗽,几乎是药到病祛。

他在民间的名声,一传十,十传百,方圆百十里的地方,无人不知。他家的院门前,整天车马喧闹,人来人往。外乡人也赶了老远的路来,让他给看病。他坐在簇簇的花中间,给人把脉,轻轻雅雅地说话。他在药方子上,写上瘦长瘦长的字。他一粒一粒数了药丸,包上,嘱咐着病人怎么吃。他的收费极低,都是一块钱两块钱的。有时,甚至不要钱。他说,乡下人不容易。病人到这里时,病好似去除掉大半了,他整

个的人,都袭着花香,是那么地让人放心。

那时候,我在他所在的小镇工作。我的孩子小,三天两头生病,我便常常抱了孩子去敲他家的门。有时,半夜里,他被我从睡梦中叫醒,披一件衣,穿过一丛一丛的花,来开门。薄薄的月光飘着,远远望去,清瘦的老先生,很有种仙风道骨的样子。

其实,不止我半夜里去"吵"过他,小镇上有孩子的人家,大多数半夜里都去"吵"过他。他总是毫无怨言,无比温和地给孩子看病。为了哄哭闹的孩子,他还特地买了不少孩子们爱吃的糖果放家里,以至于孩子们一到他家,就熟门熟路地去拉他家橱柜的门。孩子们知道,那里面,藏了许多好吃的。

我们过意不去,要多给他钱。他哪里肯收?他摸摸孩子的头,说,宝宝,你长大了,记得来看看爷爷就好了。

在他的照护下,我的孩子,健康地成长起来。小镇上许多的孩子,健康地成长起来。我离开小镇,一别七八年,小镇上的人和事,渐渐远了。却常常不经意地想起他,清瘦的样子,温温和和的笑容,还有他那一院子的花。

前些日子,有小镇人来城里办事,我们遇见。我们站在街边一棵梧桐树下,聊小镇过往的人和事。我问起老先生。那人轻轻笑,说,他走了,走了已有两年多了。

那人说,他的葬礼浩大得不得了,四面八方的人,都赶去给他送葬。送他的花篮多得院子里摆不下,都摆到院墙外去了,绵延了足足有半里路。

那人说,他有颗菩萨心,好人会有好报的。

我微微笑起来,想老先生一生与花为伴,灵魂,当也变成一朵花了吧。这世上,你若种下善的因,定会结出善的果。

老 杆 子

○青 铜

老杆子有一门手艺,秘制打胎药。落肚见红,不痒不疼,那孽根儿就清了,还落不下病根。

因为这个,常有人来求药。多是显达人家的眷属,珠胎暗结,又没有来由,求老杆子的灵药还一个"清白"之身。

单凭着这一手绝活儿,老杆子盖了宅院娶了妻室,又在镇上开一间德福堂,雇个伙计,卖药。一应成药都有,挣钱的大头还是靠那打胎药。却没有现成的,都是现配。

都说,老杆子之所以能制出这么绝的药,全仗着一块宝香。只是,谁也没有瞧见过。

这一日,有人求药。老杆子便屏退了旁人,一个人进了药房,关门窗,戴花镜,挽袖口,几根枯瘦如竹的手指穿花蝴蝶似的飞舞着,东一撮西一撮地配料。配齐了,用一架锃亮的黄铜药秤细细地称。调码子的时候,隔着镜片,一双眼睛精光闪烁,那劲头儿让人觉着,就是一只蚊子打眼前过去,他都能辨出公母来。称准了,就揸着把小铡刀,细细地切。切好,混到一起,搁碾槽里,光着一双大脚板,踩着碾轮柄,细细地碾。

等一切都齐备了,老杆子这才摸出一个小锦囊来。锦囊打开,里

面是个油布小包,总有个十层八层。一层层地解开来,房间里顿时弥漫了一股奇异的香气。那香味儿,浓郁袭人,近了闻,又有些腥臊。

这时,老杆子的眼镜就从鼻梁上滑下来,微眯了细长的眼睛,单拿右手小指半寸长的指甲,从那棕褐色的粉末里挖出少许,撒匀了,均摊在几张草纸上,包好。

老杆子这才直起腰,长长地舒了口气,出门来。

这买药的,是个管家模样的男人,又着腿坐在凳子上啃西瓜,吹口琴似的,红瓤子打左嘴角进去,哧溜一个来回,黑籽儿就打右嘴角冒出来。吃完了,抹抹嘴站起来,接了药包,打袋里摸出几块大洋,叮叮当当撒在柜台上,抬脚出门。

老杆子慌忙拢了大洋,追出去,喊,朱三爷,这么点药,哪能收您的钱呢?

朱三回过头,眼一斜,问,你认得我?

三伏天的,老杆子陡地打了个寒颤,心一下子就冰凉冰凉的。老杆子忙堆了笑,说,小的认错人了。转身就走。

朱三走了,老杆子却不安生了,坐也不是,站也不是,嘴里一个劲地念叨着,坏了事了,坏了事了!

天傍黑,一骑快马沿长街过来,咴儿的一声,立在德福堂门前。那人刷地跳下马来,将一张帖子呈进来,说,我们老爷请你家掌柜的到舍下赏月、吃酒。

老杆子抖抖索索地接了帖子,魂儿却像插了翅膀,扑啦啦飞了。

到了朱府,酒席已摆上了。没有旁人,朱老爷坐了主位,管家朱三在末座陪着,老杆子欠着半拉屁股,战战兢兢地坐了首席。

一番寒暄。朱老爷笑呵呵地劝酒布菜,聊些家常。酒过三巡,朱老爷叹口气,说,虽说家丑不可外扬,却不敢相瞒。小女不争气,这才求到先生门上。朱老爷往自个儿脸上扇了一巴掌,叹道,老朽这张老

脸,没处搁啊!

老杆子愣了。他心知是场鸿门宴,却不敢不来。来了,却没料到朱老爷会精赤赤地把话撂出来。这如何是好。

好在……朱老爷又开腔了。朱老爷说,来,我敬先生三杯。这第一杯,是与先生攀个交情,饮个缘分。

老杆子诚惶诚恐,双手捧起杯子,喝了。

朱老爷又举起第二杯酒。这第二杯,是谢先生救了小女。

老杆子见朱老爷一脸真诚,心口松了松,一块石头落了肚,便赔笑称谢,口到杯干。

朱老爷就释然地笑,打袖里取出一方雪白的丝巾,捂着嘴,咳。咳完了,举起酒杯,说,这第三杯,是为先生送行。

老杆子闻言一阵颤栗,好半天才醒过神来,倒头便拜,额头冲着青砖,直磕得血流满面。老杆子一边磕,一边哀告道,小的可什么都没看见,也没听见,您老就高抬贵手,放小的一条生路吧。

这可由不得你。朱老爷呵呵一笑,先生你一生都在积德修福,总要再结个善缘,好歹成全了小女的名节。

老杆子说,小人自然明白。说罢,牙关一紧,生生咬下大半截舌头来。那舌头掉落在地上,还活鱼似的跳了跳。再看老杆子,顿时成了个血人儿。

丫鬟刚好送菜进来,惊叫一声,盘子掉在地上摔了个粉碎。连朱三也吃了一吓,皱了皱眉头。

朱老爷丝毫不为所动,双手一拱,道一声得罪了,先生休怪。袍袖一拂,说,送先生上路。

朱三起身,将老杆子"请"出厅去,就在当院里,手起一刀,将老杆子捅了个透心凉。

月上中天。

朱老爷一身雪白绸袍,就那么微笑着站在月光里,看着。末了儿,幽幽地叹口气,说,是条汉子,可惜了。

酸 枣 仁

○孟宪歧

冀北山区的青牛村,漫山遍野都是酸枣树,秋风一吹,树叶飘零,山山岭岭被玛瑙般的酸枣儿染红了。村里人都知道这酸枣仁可是宝贝。它有安心提神的功效,是中药里用来治失眠和提神的好方子。谁有个心事睡寝不安,就弄一把酸枣仁用砂锅炒熟了吃下去,保准睡个安稳觉;谁要是像遇见瞌睡虫一样总睁不开眼睛,那好,吃一把生的酸枣仁,保准精精神神。

那一年,青牛村最漂亮的姑娘紫菊被宝山镇的刘大头娶去做了三姨太太,这让青牛村的男人垂头丧气。最垂头丧气的便是蒋维新,蒋家是祖传中医。俗话说龙生龙凤生凤,老鼠生来会打洞。不错,蒋维新就继承了他爸的衣钵,当了江湖的郎中。蒋家和紫菊家是邻居,自小就熟悉。两人私下里你心里有我,我心里有你,只等媒婆上门了。

可登上紫菊家门的不是媒婆,而是国军的一个团长,姓刘,他爸是宝山镇的刘大头,一跺脚宝山镇就哆嗦的大财主。

前不久,紫菊去刘大头的绸缎庄,被刘大头一眼看中。

刘大头就一个儿子,觉得人单势孤,还想再讨太太再生儿子。

刘团长腰里掖着盒子枪,领着俩卫兵,来到紫菊家。

紫菊爸一见当兵的就害怕,不知道发生了啥事儿,哆里哆嗦地问:

"不知长官来我家干啥?"

刘团长笑嘻嘻地说:"恭喜你啦,以后你就是我亲爷儿。我爸相中了你家闺女,今天是五月初八,等六月初八,就来娶亲。"

一句话弄得紫菊爸蒙头转向。

刘团长拿出一根金条说:"这是聘礼,您收好!"

刘团长说罢,啪地一声给紫菊爸敬了军礼,吓得紫菊爸后退好几步。

刘团长昂首挺胸走了。

紫菊采猪草回来,爸高兴地说:"紫菊,咱的好日子来了!"

紫菊惊问:"爸,您说啥好日子啊?"

爸说:"刘大头相中你啦,这不,让他儿子来下聘礼,你猜猜,下的什么聘礼? 乖乖,一根金条哇!"

紫菊一听差点气晕了。大声说:"爸,刘大头,比你岁数还大呢,反正我不嫁他!"

爸阴了脸:"不嫁? 你我说了都不算数。刘团长腰里那玩意儿可不是吃素的。"

紫菊急得哭起来。

爸说:"掉进蜜罐里啦,哭啥? 准备准备,六月初八就是好日子。"

紫菊哭罢,就偷偷去蒋维新家。结果,蒋维新去山外给人家看病了。紫菊天天去蒋维新家,但就是见不到蒋维新的面。

一直到紫菊被刘大头接走,蒋维新也没回来。

紫菊嫁到刘家,刘大头对她百依百顺,像心肝宝贝一般疼着。可紫菊就是不让刘大头近身。刘大头也不急,就慢慢磨她熬她。生拉硬拽的事儿没意思。等她尝到甜头,自然会主动投进怀抱的。

这天,正好刘大头有事进县城。下人告诉紫菊说:"三太太,外面有一个自称是你家亲戚的。"

紫菊出门一看,却是蒋维新,不觉泪如雨下。

蒋维新更是眼圈发红。紫菊问:"你咋才来?"

蒋维新长叹一声:"天意如此啊。"

蒋维新告诉紫菊,他去为人家治病,回来的路上被一伙逃兵抓了壮丁,跟着他们跑了一个多月,趁被共军包围的空儿,他脱掉军服逃了回来。

紫菊用手擦擦眼泪说:"你快回去吧。"

蒋维新从衣兜里拿出一包草药说:"记住,每月初一吃一小包,管你皮肤白嫩细腻的。"

紫菊点点头,依依不舍离去。

时间不长,紫菊便投进了刘大头的怀抱。刘大头百般呵护,整日沉浸在温柔梦里。可惜,刘大头天天努力,夜夜播种,紫菊这块肥田沃野却寸草不生。

三个月后,刘大头的儿子刘团长被共军击毙。

刘大头思子心切,精神失常,终日无法安息。紫菊便捎信请蒋维新来给刘大头看病。

蒋维新给紫菊开了方子,紫菊亲自回家给刘大头抓药。

蒋维新给刘大头开了许多酸枣仁,告诉紫菊:"记住,回去把枣仁炒熟,用山荆草水煮两个时辰,晒干,开水服用,一星期便好。"

紫菊哭说:"我看他们爷俩挺可怜的,你就尽力给治,我给你钱。"

蒋维新说:"你就放心吧,我不需要钱,但我需要你!"

蒋维新说罢就攥住了紫菊的手,紫菊忙抽回手说:"那我就回去了。"

蒋维新还想说什么,紫菊却走出了药铺。

蒋维新望着紫菊的背影怅惘若失。

可是,刘大头服了酸枣仁后,越发精神,竟然三天三夜眼睛连眨都

不眨,第四天便一命呜呼了!

紫菊回到了青牛村。蒋维新终日守在紫菊身边。

紫菊喃喃自语:"你说那酸枣仁咋就不管事呢?"

蒋维新神秘地微笑说:"我的傻紫菊啊,你哪里知道,炒过的酸枣仁,再用山荆草水煮,作用正好相反啊!"

紫菊勃然变了脸色:"这么说你是故意要他死?"

蒋维新答:"那老头子不死,哪有我们的今天啊?"

紫菊又问:"那你给我的那包草药到底是干啥的?"

蒋维新恨恨地说:"那是管避孕的草药。我不能让你怀上他的种!"

紫菊猛然挣脱了蒋维新的怀抱,不认识蒋维新似地说:"你咋会这样啊? 亏你还是个治病救人的郎中! 却害起了人!"

蒋维新激动地说:"紫菊啊,我这一片苦心,都是为了你啊!"

紫菊冷笑一声:"都是为了我? 为了我也不能害人啊? 他刘大头再不好,也不应该让他死呀!"

紫菊毅然离开了蒋维新,又回到了宝山镇,因为他是刘大头的三姨太。

冬　至

○周海亮

想不到,黄掌柜竟敢回到黄家大宅。

他是一个月前逃走的。夜里,黄掌柜带着家眷,逃得无影无踪。几天后,鬼子打过来,一遍遍烧抢杀,把黄土镇细细地筛。

黄掌柜是开药铺的。他只给鬼子留下一个空空的宅院。现在这个宅院,驻着十五个鬼子。

远远地,黄掌柜走来,朝看门的鬼子兵作一个揖。鬼子兵举枪向他瞄准,黄掌柜不睬,继续作揖。

他被带到鬼子官龟田面前。龟田说你家人呢?黄掌柜说,遇匪,人财皆亡。龟田说这里的人都跑了,你怎么还敢回来?黄掌柜说,天大地大,仅此是我家。龟田就笑了。他说你没有家了。也好,正缺个做饭的。

五十多岁的黄掌柜脱掉长衫,给鬼子做饭。鬼子猴精,顿顿饭,盘盘菜,个个馍,碗碗水,都要黄掌柜先来两口。一会儿,没事了,鬼子才肯放心吃。

黄家大宅靠着公路。每天,来一辆鬼子车,下来一拨人,在黄家大宅歇歇脚,吃顿饭,擦擦枪,呜哩哇啦一阵儿,再上鬼子车,冒一溜烟,走了;刚走,又来第二辆鬼子车。

黄家大宅成了鬼子的临时补给站。

黄掌柜只等冬至。

冬至前一天，下了雪。暴雪。百年不遇。雪掩了公路。公路多坡，多弯，奇窄，奇险。那天鬼子车没来。黄家大宅，只有十五个鬼子。

夜里，游击队偷袭了黄家大宅。只有五个人，三杆老汉阳步枪，三个木柄手榴弹。游击队打死站岗的鬼子兵，冲进大宅。可是他们很快被围，被鬼子像靶子一样瞄着打。

五个人，只逃出去一个。院角多出一个梯子。他攀梯上墙，跳进黑暗。鬼子追出去，人已不见了。

鬼子兵拉出黄掌柜。黄掌柜安静地看着龟田，腮帮子一动一动。

龟田说，你准备的梯子？

黄掌柜说，是。

龟田说，你和游击队串通好了？

黄掌柜说，是。

龟田说，我们可有言在先。

黄掌柜说，是。

龟田说，我们开始？

黄掌柜说，好。

龟田挥挥手，叫来一个鬼子兵。龟田说，挖出他的心肝。

鬼子兵提一把刺刀，逼向黄掌柜。

龟田说，挖！

四个鬼子兵按住黄掌柜，一个鬼子兵弯腰，扒开黄掌柜的衣服。鬼子兵将刺刀轻轻一拉，黄掌柜赤裸的肚子上，就翻开一条滚着血珠的白色口子。血很快涌出，染红鬼子兵的手。鬼子兵扔掉刺刀，一双手捅进黄掌柜的肚子，仔细地摸捏。黄掌柜高声嘶喊，我操你祖宗！声音凄厉凄惨。鬼子兵凝神，猛然拔出双手，那手里，蓦然多出一只血

淋淋的人心，一只血淋淋的人肝！

鬼子兵把心肝递给龟田。那肝冒着丝丝白气，那心还微微地跳。龟田接过，看了，说，去炒了。老规矩，都要吃。

第二天，鬼子车开到黄家大宅的时候，那里只有二十具尸体。十五个鬼子，四个游击队员，一个黄掌柜。

⋯⋯⋯⋯⋯

鬼子投降后，黄家大宅被拆。拆墙时，有人从一块青砖后面，扒出一张发黄发脆的纸片。

纸上写一方子。镇上的老人说，这是黄掌柜的笔迹。

懂医的人看了，大惊失色。说，照此方配制，便是天下奇毒。服食后，毒很快渗入心肝并存留于此。此毒只需一点点，便可置人死地。天下无解。

方子下面，只有两字：冬至！

我叫田栀毓

○庄　学

　　夹河滩田村的田医生,爹妈给他的名字叫田栀毓,写着复杂,叫着也别扭,不够铿锵,不知是祖上哪一位有点墨水的祖爷爷给起的,改不了了。可是村里人都喜欢叫他田医生。

　　有一年,在西藏当兵十几年的田崇义带回了一种怪病,浑身酸痛,需要喝藏酒泡雪莲才能消除病症。可是内地哪有藏酒雪莲随时供他喝呢,就寻偏方,便求到了本村田医生的名下。田医生与已是做局长的田崇义聊天,听他说那高原逸闻趣事,过后,给他一瓶泡了切片茎块的酒。泡的是何物? 田医生笑笑,小人参呗。田崇义严格按要求日酌二两,不出旬日,酸痛减轻并消失了。田崇义请田医生吃了喝了泡了,田医生才把话挑明,啥小人参? 萝卜片,做幌子的。田医生凑近了小声说,主要是红信,大热剧毒,一点点而已! 田崇义听了,酒杯颤颤巍巍半天送不到嘴里。后来,田医生凭着自己的大胆,出奇招,从阎王爷那儿拽回来几个乡亲,名声大噪。就凭这,田医生泰然自若地领受着村人们的目光仰慕和话语问候。田医生富态,领袖样的背梳头,身材高高大大,走在村街上不疾不徐,自然是昂首挺胸,有时目光也平视着,对迎面走来的人很随意地回应:嗯,嗯,都吃过了?

　　田医生"好(读四声)"医,"文革"中参加过县里赤脚医生培训,

也读过几本《开宝本草》《嘉补注本草》《本草纲目》的,回到村里开办了大队的医务室。田医生看病有趣,前堂坐诊,问问患者病情,然后踱到一块床单遮掩后的卧室翻看医书,照本宣科,对症下药,在方子上增增减减,病症重的,剂量就略大些,从未出过医疗事故。

日月如梭,大队医务室也从从容容地变成了"栀毓诊所"。

那年仲夏,豆娃他小儿子腹胀如鼓,送县里大医院花钱若干也没查出病因,豆娃凄惶惶地把孩子抬回村里。有人建议叫田医生看看,豆娃有些不屑,讥诮地说,人家大医院都看不好,他田栀毓中球!说罢,豆娃稍一愣怔:田栀毓,天治愈? 莫非真中? 豆娃就把儿子送到了田医生处。田医生尽管询问着病情,心里却打鼓,说还是到洛阳的医院看看吧。豆娃手里是灯草没有,哪还上得起大医院? 就"扑通"一声给田医生跪下了。田医生无奈,先给病人开了几服止痛的药,然后品味自己拍孩子小山样的肚腹的感觉。田医生心中默想,孩子的肚腹内如果有肿瘤状况,大医院早就开刀取出了。不妨弄些泻药试试。大医院都治不好,我就不能一试?! 田医生一时胆壮,随手在地里采摘了一些蘑菇做引子,将芒硝一同熬了叫孩子服下,不多久,那孩子疼得大汗淋漓呼爹喊娘满床打滚。田医生也汗流如注脸色苍白,说了声我回去取药,就慌慌张张跑回家中收拾了,脚如捣蒜般地往外乡躲。

田医生衣衫不整地跑到洛河边上,坐下喘息。阡陌上草木茂盛,洛河水莹莹烁烁,天色湛蓝,飞鸟翻飞成舞,不远处一对小年轻躲在树下拥抱接吻。好美的生命图景啊! 田医生目光呆滞,脚步不曾再移动半步。回想自己一生,眼前晃来晃去的都是紧闭双眼惨死的恐怖面孔,自己的憨大胆与谋财害命何异?! 田医生对着"哗哗"奔流的洛河叹息道:时来红信益人,运退芒硝夺命。

远处村里一片喧嚣,豆娃带了几个人奔田医生而来。田医生身如筛糠般地抖个不停,嘴里讷讷不成句。豆娃又是一个"扑通"地跪下,

连叩三个头,仰起脸时,尖尖的额头上一片灰土印记中渗出了丝丝血迹。豆娃涕泗长呼:神医呀! 神医!

如此一声呼喊,田医生的脸色由苍到白,由白到润,由润到红,鼻子眼都又重新回到脸上,神态也自然起来。原来孩子痛后腹泻不止,生生地泻出了无数发硬发黑的血块。过后,孩子开始喊饿,没事了。就这么简单。

第二天,村里人照常到"栀毓诊所"看病取药,却只见大门紧闭,门上一纸公告告诉村人,诊所从此停业。寻找田医生,家人说是出门旅游了。家人还告诉来者,以后不要再叫"田医生"了,就叫"田栀毓"吧,田医生出门的时候交代过的,说,我叫田栀毓!

银针三爷

○高　峰

民国时期,方圆百余里黄河故道,水患连年。洪水退却,死潭绕村,时有人、畜腐尸漂浮潭中,瘴气弥漫,蚊虫肆行,时至隆冬,开始流行"鸡鸣疯"。

"鸡鸣疯",染病快,病发急,十患九死。傍晚还是好端端的一个人,鸡叫头遍感觉不适,鸡叫二遍伴随抽筋,鸡叫三遍脸色茄紫瞳孔放大就一命呜呼了。

保长召集众郎中商讨对策,众郎中唏嘘不已,连连摇头,面露难色。其间,赵郎中举荐:河套湾银针三爷,有一祖传医术,专治疑难杂症,不知能否请其出山义诊。

保长携乡绅和望族父老,备足厚礼,敲锣打鼓放鞭炮,一路直奔河套湾。

三爷迎至门外,叩头谢拜。三爷说,祖传对心针能治"鸡鸣疯",但风险大。若出山义诊,烦保长出一文书,昭告乡邻,医活是命,医死认命;诊治之时,患者家属需听从三爷调遣,不得违背。

保长乡绅和望族父老叩头拜谢三爷。保长说,统统依了。并赠送三爷马车一架,快马两匹,保险灯三盏,以备出诊之需。

一日午夜,张三急叩三爷大门,张三婆娘患病了。三爷一面起床

洗手漱口,一面招呼张三拉马套车。旋即,三爷和张三匆匆上车,快马加鞭而去。

到张三家,已经鸡叫二遍,婆娘在抽筋打滚。三爷吩咐张三,把婆娘平放床上,仰面朝天,手脚牢牢地绑在床腿上,不能动弹为止。拨亮灯盏,准备井拔凉水一瓢。备齐,紧闭房门,家属远远地离开,躲在其他房里静候。

三爷解开张三婆娘上衣衣扣,露出左胸,左手轻揉慢压乳房下侧一寸处,待婆娘不惊不奇,呼吸心跳均匀了。三爷噙一口井拔凉水,右手紧捏三寸银针,对准婆娘乳房下侧。等婆娘微微闭眼之时,三爷猛然朝婆娘脸上吐喷凉水,婆娘一个寒战。三爷的三寸银针已经扎在了婆娘的"隔心穴",婆娘还没明白怎么回事,三寸银针连旋带拔,已经轻轻地收起了。

三爷唤张三,解了绳索,盖上棉被静睡。日上三竿,劈活鸡,清水煮鸡心,让婆娘趁热喝下,午后婆娘健壮如初,洗罢手脸下厨房做饭去了。

虽签有生死文告,三爷行医数年,救人上百,却从来没有失手。其中奥妙,外人无法知晓。据赵郎中揣摩,三爷是扎的"隔心穴"。常态下心脏挡住"隔心穴",患者一个寒战,心脏收缩,闪开了"隔心穴"。下针或早或晚,都会扎破心脏,一针毙命。"隔心穴"连五脏通经络,《本草纲目》称之"命门"。三爷支开家属,紧闭房门,貌似故弄玄虚,实则让患者心静,让三爷专心。

三爷听说了赵郎中的话,只是浅浅地一笑。

一年冬至的午夜,亲家李四急敲三爷大门,亲家母患病了。三爷不敢怠慢,急急上马,随李四而去。

路上,三爷仔细吩咐李四如何如何。李四一一点头答应。

准备停当已经鸡叫二遍。三爷如法诊治。揉胸,喷水,扎针,旋

转,拔针,干净麻利,很顺当。

三爷一阵轻松,如释重负,才觉大汗淋漓。

三爷欲叫李四过来松绑。抬头间,三爷发现,窗户纸上有个指头大小的洞,亲家李四的身影正在窗户外面晃动。三爷一惊,瞬间镇静,装作不知,呼唤李四到来。

李四及家人到后,三爷拱拱手,说很顺利,然后上马扬鞭而去。

三爷到家后,茶饭不思,卧床不起,三天后身亡。

三爷死后,坊间议论纷纷。传说最多的是,三爷也得了"鸡鸣疯",无法自治,身亡。证据是,三爷的银针不偏不斜地扎在三爷的心窝上。

唯有赵郎中不信,说:"如此艺高之人,断不会失手。"

贺 子 仪

○湘 人

民国初年的湘潭，有位很有名气的中医，叫贺子仪。

他那时四十出头，无论内、外、妇、儿，可说是病分表里，临症不迷。人也生得很文气，瘦长个，长衫，布鞋，说话温言细语，除读了一肚子医书外，对于诗、词、曲、赋也是谙熟的。他既不以医顺带开药铺，也不当街单独设医寓，而是在自己家里看病。他家在观湘门外一条僻静的巷子里，黑漆大门，门两旁悬着一副自撰自书的对联：读书数十年，为相不能医可也；变症千百种，既瘳而后补济之。口气虽大，却是言之有据。所谓"酒好不怕巷子深"，住得再偏僻，求医的人总是络绎不绝。

可贺子仪是个自视甚高的人，整日地与这些凡夫俗子打交道，除了看病还是看病，心里甚是烦躁，这日子没意思透了。于是便常出外游玩。他最喜欢的事是看花，郊原野外，滩水边，亭旁榭侧，有什么好花，他都会寻了去，细细品赏，如对佳人。春兰、夏荷、秋桂、冬梅以及那些闲花野草，什么牵牛花、剪刀草、凤仙花、蓼花等等，他都看得津津有味。若有朋友来邀约去看哪家庭院里的花，他更是高兴。因为这些朋友，他认为都是一些雅人，边看边说些诗词、史乘，其味深长。这样一来，病人上门求医，常常扑空，只好怅然而返。城里人遂称他为"花下客"。他听了一点也不生气，心想：这取名的人倒是有些学识，不是

典出欧阳修的"曾是洛阳花下客"吗？

老友倪小岑忽然来了。

他们是在一次雅集上认识的。两人各出了一个好谜，谜底都是《四书》上的话，于是彼此倾服，遂成好友。贺子仪的谜面是"留声机"，倪小岑答曰："吾闻斯语矣，未见其人也。"倪小岑的谜面是"扬州明月"，贺子仪笑说："三分天下有其二。"众人都喊起"好"来，这谜面、谜底有多别致！

倪小岑是《潭州日报》的记者，古城内外每日发生了什么新闻，他没有不知道的，凶杀、绑票、索贿、灾祸……说起来娓娓动听，加上一些警醒的评说，更见一副赤子心肠。

"贺兄，秋风起了，我邻居家有个小院子，开出一院木芙蓉，如霞似锦，愿意去看看吗？"

贺子仪喜不自禁："只好委屈倪兄当一回向导了。"

一人雇一辆洋车，朝城西的石子埫驶去。

下了车，走入一条小巷，前行数十步来到一扇油漆脱落的院门前。

倪小岑径直推开了门，小庭院静无人声，顿时眼中便塞满了殷红如血的芙蓉花。贺子仪说："这全是大红千瓣，名品！"

他们走进去，庭中竟有一个小池，碧水盈盈，木芙蓉依水而植，姿态极美。

"染露金风里，宜霜玉水滨。"贺子仪轻轻吟哦起来。

"这不是宋人杨万里的句子吗？ 贺兄好记性。"

他们正看得入迷，花树旁边的一个厅堂的门蓦地打开，跌跌撞撞冲出一个中年人来，头上扎着一条折成条的手帕，手中握着一根粗棍，口里喊："这头疼得钻心，我要打杀这满院子的芙蓉，以解烦闷。"跟随而出的几个人，慌忙拉住了他。

贺子仪问："他是谁？"

"我的邻居,一个银行小职员,一月前头忽然疼痛不止,看了不少医生,就是不见好。也到过府上,却都逢你外出了。"

贺子仪慌忙走过去,说:"花无罪,岂可打杀! 让我为先生切脉如何?"

那中年人丢下棍子,说:"您可是贺先生? 请!"

走入厅堂,里面竟坐了好几个满脸病容的人。贺子仪一愣:他家怎么有这么多病人? 贺子仪忙不迭地切脉,然后提笔写处方。笔、墨、纸、砚还有脉枕,怎么都齐备了? 望、闻、问、切,医家四必,但贺子仪从不需问,他的本事就有这么大。

待把病人都诊过了,倪小岑忽然说:"贺兄,你看,墙上还有一副对联哩。"

贺子仪抬头往墙上看去,果然有一副篆书对联,字很老到,写的是:世有俗人,岂可视为草芥;医乃仁术,犹须拜托先生。他沉吟良久,说:"倪兄呀,你的心意我知道了,嗨,有愧,有愧。"

"贺兄,时已至午,恳请在此用膳。主人有一样佳馔你是不可不尝的,采芙蓉花煮豆腐,红白相间,如雪霁之霞,古称'雪霁羹'。"

贺子仪说:"我受之有愧哩。"

倪小岑哈哈大笑起来。

神 医

○高 军

　　高恩尘医术精湛,名声很大。他先是学习中医,后又被临沂教会医院的瑞典院长看中,到教会医院学习西医。学成后,为造福桑梓,执意回到老家阳都行医。

　　土匪刘黑七掳掠到阳都时,随行的第五房姨太太私处长了一个疖子,很是痛苦,于是刘黑七立即派人把高恩尘找来。

　　临出门时,高恩尘看到家人都为他捏了一把汗,有的甚至不想让他去,他笑一笑,就气定神闲地提着药箱出门了。

　　到了之后,他才知道姨太太脓疖生长的部位。刘黑七在一边虎视眈眈,很不友好地用一根手指头指着他,一迭声地问:“你说怎么办?你说怎么办?”小喽啰们持枪站在一边,随时要对他下手的样子。高恩尘知道,刘黑七是既不想让自己看到他姨太太的身体,又想尽快解除女人的痛苦。他脸色凝重起来,沉思了半天,抬起头,对刘黑七说:“我的意思是先让病灶挪挪地方,然后再动手术,您看这样妥否?”“挪挪地方?”刘黑七将信将疑,神情有所舒缓,“好好好,果真能行,刘某感激不尽。”接着他又不放心地问道:“真的管用?”高恩尘没再接他的话,提起笔,“刷刷”地开出药方:“吃完这三服药,我再来。只是这三天,可能还有些疼,只能忍一忍了。”

刘黑七将信将疑，但他还是坚持让姨太太把药吃了。

说来也真奇怪，三天后姨太太的小手臂上真的长出一个脓疖，和大腿根部的一模一样。再看原来的脓疖，竟全部消失了，那个地方的皮肤已变得光滑如初。刘黑七一看，高兴起来："了不起，了不起，不愧是来自诸葛孔明的家乡。妈拉个巴子，这些人就是有本事。"

他身边的人也都附和着笑起来："碰到这么个神医，太太的病马上就会好了。"

但谁都没发现，刘黑七的眉宇间，忽然飘过一丝阴影。

第三天一大早，高恩尘就起了床，只是没有和平日一样走到户外去活动腰身，锻炼身体，而是在他的诊室里不停地捣鼓着种种药物。儿子不放心，走进去一看，知道他在为今天的手术做准备，就笑着说："这么个小手术，值得您这么尽心地准备？何况刘黑七作恶多端，要我说根本就不用给她治。"

高恩尘神情严肃地对儿子说："医生是治病救人的。我是医生，只要有人病了，就得去治疗，这是医生的本分啊。"

看儿子不再说什么了，高恩尘态度和蔼起来："来来来，你不是想学秘方吗？今天我传给你一个秘方，用这几种草药，熬成水，治外伤，能接骨生肌，立即就好。这水是我已经熬成的，好好保存着，说不定有用处。"

儿子听完父亲的话，也就认真地把药水收藏起来了。

高恩尘来到刘黑七处，立即为五姨太消毒，切除脓疖。刘黑七在一边，一看到高恩尘的手接触到姨太太的肌肤，就微微皱一下眉头。

手术完毕，仔细包扎好，高恩尘又开出些药，说："吃几天，就彻底好了。"刘黑七瞪着他问："真的？"

高恩尘看到刘黑七眼睛有点红，目光咄咄逼人，就笑道："放心，保证不用我再来了。"

突然，刘黑七的脸一下子拉了下来："哼，妈拉个巴子，我现在才明白，你是什么狗屁医生！既然能让这个疖子挪地方，你直接把它挪走啊，让它长到别人身上去啊！哼，你竟敢戏耍我，让我太太白挨一刀不说，还让你白摸了几把。气死我了！"

"病灶在人身上长成了就去不掉了，只能挪个地方做手术，怎么能挪到别人的身上？再说了，做手术又怎能不接触呢？"高恩尘解释后，又颇为自负地接着说道，"能挪地方的医生恐怕你都找不出第二个人来。"

刘黑七"啪"地一拍桌子："鸟，拉出去砍了！"

家里人听到高恩尘被杀的消息后，一下子傻眼了。来到现场，只见高恩尘被砍了两刀。乡亲们劝说着："别难过了，快准备后事吧。"

儿子正哭着，这时猛然停住，起身吼道："谁也不许动我爹！"

他飞速跑回家，拿来了父亲一早熬成的药水，开始在父亲刀伤处慢慢对接，对接好一个地方，就小心地涂上那药水，然后再对接下一处。围观的人们渐渐失去兴趣，走散了。直到黄昏时，父亲的伤口都对接好了。他伸手试一下父亲的鼻孔，还真有一丝气息，就抬回了家。

刘黑七杀人如麻，根本无暇顾及被他杀掉的人，再加上他们是流匪，次日就离开了阳都。高恩尘在家被精心护理着，一个月后痊愈，又能出诊了。

后来，他随八路军医院转战沂蒙山区，在消灭刘黑七的战斗结束后不久，无疾而终。

药　嘴

○龙会吟

一山的日光在石爷头顶噼噼啪啪地跳跃,炒豆子一般炸出白亮花花的响声。石爷被灼得喘不过气来,脸上脖上,胸前背后,汗水像一道道小溪样流淌。他顾不得这些,冒着炎热在山里钻来钻去。还差一味药哩。差了那味药,整剂药就没了药力。

村头的二宝正等着这剂药治肿毒。二宝的无名肿毒生在膝盖上,四处求医,都不见好,痛得他一天二十四小时喊爹叫娘,满村里都汹涌着他那撕心裂肺的哀叫。家里人就去找石爷,请石爷寻一剂草药敷敷。石爷会寻草药。石爷有点儿昏花的老眼在二宝的膝盖处睐了一会儿,石爷青筋暴突的枯手又摁了两下二宝膝盖上的无名肿毒,什么也没说,便顶着毒日头进了山。石爷的眼睛不大好使,只得弯腰弓背,在蓬蓬杂杂的灌木丛里吃力地瞅,几乎全靠鼻子嗅草药,身子被燃烧着的日光烤晒得像只老虾。

像只老虾的石爷终于采齐了最后一味草药。

然后就坐下来,像老牛反刍,把草药塞进嘴里反反复复地细嚼,一双昏花的老眼微微闭着,不想让远远近近的山景分散嘴嚼的精力。他嚼出了一嘴苦汁,嚼得太阳穴的青筋蚯蚓般蠕来蠕去,嚼得嘴里的草药清清幽幽气味悠远了,就吐在一片碧绿宽大的桐树叶上,包好,站起

来走回村里去。嚼过草药的嘴里，牙齿墨绿墨绿，满嘴的药味沿路飘散。

敷上了草药的二宝，无名肿毒处凉丝丝的，像有仙风吹拂，立马就不痛了，撕心裂肺的哀叫声潮水一样退去。二宝一家人感激得非要石爷留下吃饭不可。石爷不吃。离吃饭还有好长时间，他不能坐在二宝家里死等那餐饭吃。二宝给他药钱，他也不收，邻里邻舍的，收钱不好意思。一连三次敷药，石爷都是这样。

石爷第四次去二宝家里，正是吃晌午饭的时候。这次他没有带药去。药在儿子手里。他早上出门时吩咐儿子把药嚼好，嚼好后就送到二宝家里去。他的牙齿有点儿松动了，嚼起药来很吃力，他要儿子接他的班。现在他路过二宝家，顺便进去看看二宝的病情。二宝家正准备吃晌午饭，鸡鸭鱼肉摆了一桌，原来是宴请乡长、村长。二宝能下地走路了，脸膛红红的，汪洋着一脸灿烂。他让石爷瞧了瞧快痊愈的患处，嘴里说着感谢的话，眼神却巴不得石爷快点儿离开。石爷觉察到了，转身朝门外走去。

二宝婆娘喊："石爷，吃了饭再走。"二宝剜婆娘一眼，说："喊什么喊，看着他那张药嘴，乡长、村长吃得下饭？"

石爷的头顶像突然炸起声声惊雷，日光汹涌着像巨大的巴掌向他搧来。他一脚高一脚低地走到离二宝家不远的小溪边，再也走不动了，两腿一软就蹲了下去。溪水清亮，映出了他苍老的身影，一张变了形的嘴巴在溪水里喘着粗气。那是他的药嘴，为二宝嚼过草药却又让二宝厌恶的药嘴！他的老泪潸潸地流下来。

儿子来送药了。儿子好像明白了什么，咚的一声，把药丢进溪里。

"你疯了，你不晓得二宝正等着换药？"石爷跳起来。

儿子冷笑一声，说："换屁药，他瘫了我才高兴。"

石爷盯儿子一阵，摇了摇头，随即嘘出一口长气，说："儿啊，做个

草药郎中，要时时有颗善心。"他望一眼热浪蒸腾的山峦，坚毅地向山里走去。儿子把药丢进溪里了，他只好再去山里采。

一双手拉住了石爷，不让石爷去山里采药。手是二宝的手。二宝愧疚地站在石爷身边，说："石爷，我对不起你，请你去我家吃饭！"

石爷看二宝一阵，摇了摇头，说："二宝，莫客气了，我这张药嘴，真的不好和乡长、村长一起吃饭。"

二宝急了，说："是乡长要你去的，你不去吃，乡长也不肯吃。村长骂我不是人，乡长在那里喊你。"

果然有热热烈烈的喊声传来，一声声情真意切。倏忽间，白亮刺眼的日光，在喊声里变得万般柔和。

刘 爪 爪

○执手相看

到桑城前,刘爪爪在乡下场镇上开中药房。

开中药房,要抓药,手指长期处于弯曲状态,久了就像八戒的钉耙,难以伸直。所以,大家都叫他刘爪爪。刘爪爪除了抓药,还看病。看病是祖传的本事。刘爪爪的爷爷和父亲医术一般,最多只能看看感冒发烧什么的。刘爪爪也看感冒,却无师自通,学会了妇科,且医术超人,尤其是不孕症等疑难杂症,就像坛子里捉乌龟,十拿九稳,药到病除,远近闻名。

找一个男人看妇科,女人们都很不好意思。但害了病,也没办法,不能死要面子活受罪啊。好在找他看了,就好了。心里觉得别扭,却也喜滋滋的。

区公所武装部长的老婆兰花,患了乳腺癌,医院说必须切除,还说切了,也不敢保证就好。女人没奶子还叫啥女人?部长不同意,就带兰花来找刘爪爪。

刘爪爪伸出纤细的左手,轻轻把住兰花的右手,闭目号脉,眼皮一动不动,像在瞌睡。半小时后,才抬头对部长说,你出去一下。

部长脚像生了根,不动。

不走我走! 刘爪爪很是生气,站了起来。

部长一步三回头出去后，刘爪爪叫兰花解开衣扣。兰花不解。不解你也走！刘爪爪说。兰花就慢腾腾地解，手不住地发抖。

刘爪爪在兰花的奶子上反复摸捏。兰花一脸绯红，不住往后侧身。刘爪爪说，侧啥？这是帮你诊断！兰花只好闭上眼睛，咬紧牙关，一脸羞愧难当的表情。

事毕，刘爪爪抓了七八种常见的草药，对兰花说，坚持吃药，半年就好。

半年后，兰花真的好了。

肿块不见了，照片子的医生说太奇怪了，问吃了什么药，说是刘爪爪的草药。部长一脸兴奋，说完，毕恭毕敬送上一面锦旗，上书"妙手回春"四个大字。

不怪我摸你老婆了？刘爪爪说，扬手把锦旗丢进了烂字纸篓里。部长顿时脸红脖子粗，没了言语。

1986 年，儿子在桑城买了住房，刘爪爪便把药房从乡场上搬了过来，并由此结识了李老。当时李老身体出了异样，手老是颤抖。跑了多家医院，说是年纪大了，神经性痉挛，正常现象。李老好书法，手抖就无法写字，就问刘爪爪有没有办法。刘爪爪说又不是妇科，只有试试。三服草药过后，李老颤抖消失，感激之余，为刘爪爪题了三个力透纸背的大字：摸求子。外人不懂啥意思，刘爪爪看了，频频颔首，拿去制成金字招牌，做了药店的店名。

到县城后，刘爪爪只看妇科，不仅双休日不开门，还限定了名额，每天最多十名，多一个都不看，不管是谁。那些外地来的，一般要在桑城住上三天以上，才排得上号。

漏说了一件事。上世纪五十年代的时候，刘爪爪不知道从哪里搞到一个防风打火机。一天夜里，他在公厕点烟，被武装部长撞见了。那时场镇的居民家里都没设计卫生间，内急都只能跑公厕。部长一把

抢过打火机,叫人把他抓了起来,当天就送进了拘留所。抄他家的时候,抄出一大沓票子,一万多元。那时干部工资一月才一二十,一万多可是巨款。部长说,肯定是台湾的特务组织给他的,那么多,就是抢也抢不到。后来,公安通过半年的侦查,终于弄明白那只是个普通的打火机,不能发报,就把刘爪爪放了。但那一万多块钱,却没退。有人叫刘爪爪去要,刘爪爪说要啥,钱乃身外之物,可有可无,命在啥都在了。刘爪爪是桑城历史上唯一被当成有特务嫌疑的人。至于原因,有人说是他摸了兰花的奶,部长故意报复。刘爪爪不以为然,说那是治病,不摸不行,中医讲的就是望闻问切,再说,部长是干部,绝对不会计较的,应该是误会。

事后,刘爪爪却经常对子女说,人在家中坐,祸从天上落,做事千万要慎之又慎!

刘爪爪进城后,除了看妇科,还有就是到水跛子店里剃头,或是和李老谈古论今。七十岁那年,刘爪爪在老婆去世十年后,梅开二度,被一个小他二十多岁的女人看上了。次年,女人怀孕,生下一个三斤重的婴儿。计生部门知道后前去罚款。刘爪爪哈哈大笑,说,回去翻书,我女人已过育龄期了,不属于政策限制的范围,二者,这种年龄能生,你们还应该给我科研奖励。计生部门的人无言以对。

水跛子和李老师死后,刘爪爪就离开了桑城,据说是到南京女儿那里去了。那个"摸求子"药店,就此关门。现在,桑城的人也不知道刘爪爪还在不在世,有人说他通养生之道,肯定还在。也有人说,在都该一百多岁了,在个球!

令人遗憾的是,刘爪爪的子女死活都不学医,他看妇科的医术,又不外传,估计也就失传了。

江湖郎中

○潇 潇

那天他忽然对我说了句很奇怪的话。他从来都不主动同我说话。

他是我的邻居,住了三年的邻居。我知道他是江湖郎中,郎中的话我从来都不信。

"你有病啊,我帮你看看吧?"

见鬼,你才有病呢。我心口被他气得狠狠地疼了一下,针扎一般。

我记得我白了他一眼,他似乎还莫测高深地笑了笑。笑得我的心里,不仅光火,还有些发毛。我看着他的满头华发,有把它们拔光的冲动。

我觉得他看我的眼光别有深意。

那天我喝了酒,很多的红酒。我想我的脸一定很红。

郎中与我的生活好像彻底地绝缘了。

很长一段时间,我没有见到他。我从来不刻意去打听别人的事,郎中的事,我更不想打听。

但是,事情有时会自己找上门。

我听到了郎中的消息,又意外见到了久已不见的郎中。

郎中病了。

听到这个消息的时候,我着实大笑了三声,笑得差点接不上气。

咚的一声，似乎撞上了一个人。

心口就在这时似乎被针狠狠扎了一下。

"你病得不轻，我帮你诊个脉吧？"郎中的话忽地在耳边清晰地响了一下，我抬头，看到郎中，依旧高深莫测地冲我笑了笑。

搞笑的是，他居然顶着光秃秃的头，站在本市最好的医院门口，手上提着一大袋药品。我眼尖，瞥见"斑蝥"两字。我对这类虫子从小就过敏。

你才有病呢。我狠狠白了他一眼。斑蝥？好像是治癌症的。

郎中有病也上医院，这郎中混的，真的不咋样。我下意识地笑了。

我居然跑到医院来了？我想起今天我妈叫我配点药的。看见郎中手上一大袋的药，我本能地头疼。办完事就逃也似的离开了医院。

我最后见到郎中时，郎中再也不冲我莫名其妙地笑了。能医者不自医。我心头长叹。送他的人多得出乎我的意料。我意外知道，郎中竟是大名鼎鼎的中医名家，心血管病专家。

心口又好像针扎一样狠狠刺痛了一下，吸一口气，却又消失得无影无踪。

这，现在成了两个月来我惶惶不可终日的唯一理由。

我疑心自己不可救药地患上了某种心理疾病。每次一想起郎中，我就觉得心口疼。似有似无的疼。终于还是去医院拍了片做了心电图。我不想年轻轻就上天堂，天堂虽好，没有熟人会寂寞的。

冰冷的 X 光片和心电图报告最终证明我的心肺完全正常。

最近不想郎中心口也会偶尔地疼。

相信郎中还是相信 X 光片？这是个难题。

我选择了心理咨询。心理咨询师告诉我，我没病。我只是受到了郎中的心理暗示。

我认同了这个说法。

心口又疼了,并且最近发作得越来越频繁。我清醒地知道,这不是暗示。也许,郎中说得对,我真的有病。

我千里迢迢来到郎中生前工作过的医院,接待我的是郎中的学生。我记得那天他去送过郎中。

你一定会来。他说。他抽出一张病历,病历上的症状同我的症状一模一样。

老师研究这个病已经二十多年了。我看到的是郎中留下的厚厚的资料,还有一份对症的中医治疗程序。

这是一种很特殊的病。目前,医学界没有定论,也不能保证老师的办法一定奏效。你愿意试试吗?

我从来不相信郎中的话。这次,我接受了治疗。

眼　疾

○陈　敏

好几天了,阿江心境一直不好。他不想上班,就向头儿请假说他患了眼病,他一个人在家里生闷气。恰时,一个哥们儿邀请他去喝酒,他茫然了很久的眼睛立即闪出了一丝亮光。

阿江有个习惯,三杯酒下肚,什么捏头的烫脚的,他都会去试个遍。那晚,他就和朋友把这些地方全部光顾了一番。他喜欢自己的身体在心境不佳的状态下被那些酥软的手侍弄,那种感觉真是妙不可言。不过那一夜,任凭那些红衣女子绿衣女子在面前晃来晃去,都没有撩起他的激情,他的思绪很烦乱,他必须借着酒力来重点骂一个女人,一个无德无才的女人,她不露声色地把他努力了多年的副主任职务抢了去。

阿江就骂起那个女人。他骂了她几个时辰,算是解了恨。他出足了气,很晚才进家门。妻子正好出差在外,他就把自己横在床上睡觉。第二天一早,他感觉右眼有些胀痛,视物不清,眼球转动都有困难。真见鬼了! 本来是假装害了眼病的,咋就装成真的了呢! 不过,患上眼病了也不要紧,领导早知道,去医院看眼科也是名正言顺的事。他就去医院看眼睛。

值班医生是个女人,和他昨晚骂过的那个女人长得很相近,水桶

腰、粗嗓门、红头发，他一见这样的女人心情就不顺，他不想看她，她也没有看他，连眼皮都没给他翻，只是透着他鼻梁上的眼镜瞄了一眼，说：急性角膜炎！她给他开了一大包药。

他把药带回家吃了两天，可一点儿好转的迹象也没有，眼球像是让什么东西捆住了，睁也睁不开。他想那个女医生一定是个草包，不如去看中医，楼下不远处就有家中医眼科诊所，据说坐诊的是位有多年临床经验的老中医。这是个不错的选择，诊所正好离家不远。他的眼睛不允许他多走动。

老中医非常重视整体观念，他认为，眼睛虽为一局部器官，但与腑脏经络是一个不可分割的整体。眼之所以能辨色视物，完全依赖于腑脏精血的供养。他说他的眼病与他的肝脏有一定关系，并一眼断定他最近一定是生了暗气。老中医判断如此准确，让他吃了一惊。他心里暗暗地佩服起这位老中医来。他连忙说：您的眼力就是不错，我最近确实一直在生暗气！老中医说：肝气通于目，气有余便生火，肝火上升而引起肝功能失调，所以引发了眼病。他给他开了疏肝明目的中药，足足三大包。

阿江刚把中药提进家门，就感到肝火真是蹿了上来。他不会熬中药，他在家里一贯奉行的是"君子远庖厨"政策，厨房的那一套他可一点儿都不熟悉。

他的右眼已经彻底睁不开了。他赶快向朋友求助。朋友说：你的运气不错，正好从省城里来了位著名的眼科教授，这个教授从事眼科教学、科研工作已经四十年了。不过他不亲自坐诊，只负责热线咨询。朋友给了他教授的热线电话。

由于担心挤不进热线，他干脆提前打通电话排队等候那位教授。他等到下午三点，教授的热线终于开通。但热线开通不到两分钟，电话就已被全部占满。他等了好几个小时，终于等来了那位廖教授的声

音。他的"喂"还没出来，对方说由于时间关系，廖教授今天的热线解答就到这里……

他一向脾气不好，这下真是糟透了，他一怒之下摔了电话。

你咋了！你咋了！啥事让你凶成这样？妻子就在这时跨进了家门。他连忙向妻子汇报这几天以来眼睛给他带来的遭遇。妻子冷冷地说：不就是眼睛出了点儿问题吗，用得着这么大动肝火吗？真是的！来，给我看看，有什么大不了的！妻子熟练地摘掉他鼻梁上的眼镜，轻轻地翻开他的右眼皮，有情况！妻子眼睛一亮。她用小拇指在他的眼眶周围晃动了几下，又那么快速地一粘，一根细细长长的发丝顿时被她的小拇指勾了出来。

那根细细长长的发丝像一条蛇，把阿江的右眼球密密地缠了三匝。

哎呀，老公，你可真厉害呀，我才走了三天，你就长出这么长的头发来？而且还是红色的耶！妻子在他的小平头上狠狠地撮了一把。

阿江的眼睛顿时轻松了一大截。他睁眼看妻子，妻子的眼睛像两只巨大的灯泡，正一动不动地审视着那根从他眼睛里拉出来的发丝。

神医和尚

○余显斌

过去的读书人,有几个不是医生?背着青囊,看书,也看病,考学行医两不误。

吴方周就是这样一个书生。

吴方周乃江南医家子弟,祖上吴一甫,一筒银针,几服草药,祛病疗伤,应验如神,所以人称"吴菩萨"。门上大书一匾:金针度世。

当然,江南人没见过圣手吴一甫,吴方周的手段,却不少见。

一日,一孕妇难产,血流如注,婴儿仍迟迟不见出来。时间一长,孕妇断了气,婴儿看来也得胎死腹中。接生婆连声念"阿弥陀佛",已无他法。这时,一人青帽长衫施施然而来。孕妇正要入殓,那人拦住道:"人还活着,有救。"

别人不信——产妇明显已经死一个时辰了。

那人拿一根香,点着,放在产妇鼻端,烟袅袅娜娜略作歪斜状:"死了还有气?瞧,烟在歪斜呢。"说完,抽一根针,一针插入产妇人中。产妇妈呀一声叫,醒了。产妇的丈夫喜极而泣,"咚"地跪下,叩头如捣蒜,请神医无论如何再救一下未出生的婴儿。

那人把耳朵贴在孕妇肚皮上倾听有顷,又拿出一根针,半尺长,在孕妇腹中摸摸,一针下去,又迅速抽出。孕妇肚中一阵胎动,一会儿,

一个女婴落地，哇哇直哭，耳尖上，有针孔的洞眼。

那人一笑道："这小家伙，在胎内睡着了。"然后，收了针飘然而去。

这人，就是吴方周。

吴方周杏林扬名，科场却蹭蹬，少年考起，一直到五十多岁，才考中进士，放了一任知县。

吴知县挂着药箱走马上任，到了衙门，忙时处理公事，闲时处理病人。两年下来，官做得不是多好，但也不坏。

那日，吴知县在后堂看书，门外，惊堂鼓响声如雷。

吴知县扔了书，穿上官袍，坐堂审案。来的是两个男人，一个姓白，一个姓王。原来两家指腹为婚，可是，王家女孩大了，却看不上白家男孩，而是爱上了同村另一个小伙子。白家一怒，就把王家告上了县衙。

吴知县一听火了：一臣不事二主，一女不嫁二夫。真是岂有此理！

他捋着须，对姓白的道："我给你撑腰，你放心。"

姓白的叩头如捣蒜，连称吴老爷是"包青天"。

吴知县心里很受用，索性好事做到底，吩咐道，你快回去给儿子完婚吧。

白家男人无奈道，可那女孩不愿意啊。吴知县一拍惊堂木，叫来差役们，拿着老爷的判决，去催促王家女孩上轿；实在不行，以有伤教化罪，把她父母枷上。

白家人很高兴，爬起来，随着差役走了。

吴知县回到后堂，接着看书，刚看几页，一个差役跑回来，说老爷，不得了啊，出了人命啦。原来，那女孩被逼无奈，一头扎入水塘中，被救起来时，已死了。

吴知县官服也顾不得换，背起药囊，径直向女孩家赶，女孩躺在床

上，一动不动。吴知县用香烟试呼吸，用银针扎人中，无济于事。

人已死僵了。

他叹口气，突然，眼睛盯在女孩右耳朵上，上面有一个小小的洞。

他想起自己所救的女孩，呆若木鸡，半天才慢慢走出来。

屋里面，传来哭声，是女孩父母的声音，千"狗官"万"狗官"地骂，不是差役阻挡女孩的父亲冲出来，吴知县的身上，大概会挨几下。

吴知县没理会这些，泪流满面道："骂得好，我是个狗官啊。"

当天，回衙，他写了辞呈，挂了官印走了，没人知道他去了哪儿。

不久，江湖上出现一位和尚，挂一个药囊，金针济世，从不留名，世人称他神医和尚。

国　手

○谷　凡

　　知道他是医生,是一个夏天的时候,有人中暑了,他不慌不忙,挖了井底的泥,敷在那人的额头上。还有一次,他用童便、独参汤治妇女产后大出血,东泠镇子里的人渐渐知道这个平日和镇子里的人接触不多的人,是个医生。

　　东泠镇不大,只有一条主街道,街道上铺的石板被千年的脚步踩踏得锃亮,使街道显得格外干净。他来东泠镇,是因为他稀罕这里的景致,这里多桥,桥体藤萝缠绕,溪流清澈照人,加上街两边造型特异的房子,还有几棵年代久远的老树,显得古里古气。镇子里的人对他的过去不了解,从他的穿着吃喝用度上,知道他是大地方人,其他就不清楚了。

　　他带着他的一大箱子书来到东泠镇的时候,是个春天,不知名的鸟一声一声叫着,浑厚的声音里夹带了一份伤感。他租了一个被废弃的院子,就住下了。他特别欣赏这里的民宅,门扇窗格的木雕,厅堂柱础的石雕,还有门楼的砖雕,翘角飞檐,朴素精美。

　　夕阳把整个街道填得满满的,微风迎面吹来,让人感觉空气柔柔的,一切都安静有序。身材魁梧的他,穿着长衫,衬着小桥流水的韵味,使他显得更加英姿飒爽。东泠镇上一个老人物,患了病,主症是发

热不退，西医中医都看了，就是不退热。有人就请了他去。开始的时候他推辞，说自己不是医生，病人家属就派人一天两趟地去请，实在是盛情难却，他就答应过去看看。

来到病人的家里，把脉后，他开出了第一味药方是人参，病人看后连连摇头，说他素来阴虚火旺，不宜用参。病人还说，大地方的医生说过，他的病即使一定要用参，也只是几片西洋参含服，而他开出的药方里，居然用了十余克人参。

他的额头出了一些汗，看上去很是紧张，他不知道该怎样说服病人，想了很多劝说的话，到说出口的时候，又收回了。请他过来的人打破了冷场，说既然请他来，就该相信他，若是不见效，再想其他办法。病人见他书生模样，估摸着也不是江湖骗子，就服了他的药，没想到，不到半夜，折磨他多日的顽固烧热，竟然完全退了。

就这样，他被镇子里的人完全接受了，熟悉了，秋天的时候，送到他家的瓜果蔬菜总是吃不完。他平时会上山采一些草药，调好后送给左邻右舍，张家的孩子拉肚子了，李家的婆婆中风了，这些药都派上了用场。

有一次，一个从上海来的年轻人得了咳嗽病，找他医治，这位年轻人的表哥也是学医的，跟了他一块来。病人把自己的病历和用过的治疗方法给他过目，他细看病历，解表、清肺、化痰、滋阴等治疗方法都用上了。表哥想看看他用什么方法把表弟治好，就站在一边一言不发。

他问病人有没有恶寒，病人说有。又问有无口渴症状，病人还是回答有，说每天要喝两暖壶开水。诊脉问病后，他告诉病人，这种症状属于"越婢汤症"。此话一出，站在旁边的表哥茅塞顿开，在心里暗暗怪自己书没有读透，汉代的张仲景不就用祛除内热外寒法来治疗咳嗽吗。

上海来的年轻人和他的表哥离开东泠镇以后，关于他的一些事

情,也在镇上传开了。他原来在上海的医院当过医生,给很多的大人物看过病,后来因为一起重大的医疗事故,他辞了职。东泠镇上的人经常看到他拿着中医典籍《千金方》一边看一边记。

绝　　学

○王镜宾

"……谁敢上来和我战？我一刀劈了他……"三九天，大雪纷飞，精神已崩溃的马二摔掉棉衣，脱得一丝不挂，双眼喷火，两手舞两把菜刀，浑身脏乱，跑到门外城区路边乱叫乱骂，连过路的几个大车司机也惊骇了，忙刹住车，不敢上前经过。

"杀呀，杀……"马二又发作了，向看热闹的人群冲过来，吓得大人小孩四散而逃。

"当当……"马二没追上人。追到拉煤大卡车跟前，怒火万丈地挥刀砍车，车门、引擎盖被砍出道道伤痕，几辆大车司机吓傻了，动也不敢动，大气不敢出。

"不要打头，打腿，快把他放倒！"突然马二家的院子里传出一声威严怒吼。马老大，一个身材魁伟的小伙子像从地缝中爬出，抢起大车的铁摇把，从后边打到兄弟马二的腿弯处，一下子把马二打倒在地。马老大一个虎扑，迅速扑上去按住兄弟，拧手腕、夺刀，在从院中跑出来的父亲老马、镇里年轻人的帮助下，忙活了一阵，终于把疯狂打人毁物、四处乱窜，给四镇八乡构成严重公共安全威胁的马老二捆到一块门扳上，抬了回去。

公共秩序才得以恢复，道路才畅通。

"不喝？哪能由了他，用铁勺撬开嘴巴，往嘴里灌药！"

经人介绍，马家把乡医牛大夫从百十里外请来，给这十八岁的老二治病。马二得了癫狂病，省城有精神专科医院，但花钱多，家里没钱，老马一人上班，一月才挣几十块钱，省城去不了，只有在家请中医来治，虽说便宜，但也要卖掉家产四处借钱。请来瘫痪了只能坐在轮椅上治病的牛大夫。这牛大夫脾气大，下手重，用药大胆老辣，对马老二这狂症，竟要老马去镇上铁匠铺抓回一大袋铁屑子，一服药用五百克，这铁屑俗称"火龙皮"，中药称生铁落，烧红后铁灼热，入药煎服则铁离子下沉，坠压病人心火，祛痰化瘀。

"只有这生铁落服下，三天他就不狂了，就是通上电他也跳不起来！"六十多岁的牛大夫在当地治疑难杂症远近闻名。对这种被称作"精神绝症"的狂病，他知道必须急病急治，不敢耽搁，推掉了其他病人，专程住到病人家，每天号脉，观察病情变化，三天一开方，辨证论治。

果然，三天过后，病人不再乱叫乱骂，只是大小便拉了一裤子，裤脏需要人及时换洗，牛大夫喝令给病人松绑，让马二自己喝药，马二顺从听令。十天后，马二神志开始恢复，吃饭、服药、休息趋于正常，全镇人都松了一口气。牛大夫让前来帮忙的村里年轻人各回各家，只让马老大暂时不跑大车，在家照顾兄弟。由于老马单位是企业，生产任务重，还要给儿子挣药钱，牛大夫让老马回厂上班。

买药、煎药、劝病人吃药人手不够，牛大夫就让马老大把牛大夫刚过二十的女儿牛玲从老家接来，煎药，劝病人吃药，辅助病人心理疏导。

马老大停了大车，每天除服侍兄弟外，对牛大夫照顾得十分周到，和妈妈一起买菜、做饭、买药，给牛大夫端饭、端茶、洗脚、洗头，问药名记药性忙得不亦乐乎，牛大夫父女二人充满了笑意，像腊月天的老梅

开花。

转眼间，迎春花开，春天来了，他对马老大说："你聪明伶俐，是个学医的料。"马老大只喜欢开车，不愿答应。

一百天后，病人除反应迟钝外，其他已恢复正常。牛大夫父女起身回家，马家感激万分。临走时他对老马说："你老大聪明能干，会察言观色，是块学医的料!"老马父子二人不置可否，不予应答，牛大夫又说："老二的病已经治好了，但这治法只管八年，八年后遇到刺激还会犯。"

老马一家人像遇到了倒春寒，惊问："那咋办? 有没有除根的办法?"牛大夫说："有，我有一个药方秘不外传，用几种名贵药材、豆腐混合蒸好，一天二次，一次两丸，一个多月服完，不管以后遇到什么刺激，终身不复发。"

"要花多少钱?"

"至少两千元。"

"天呀，那是我一年的工资!"老马惊叫起来。老马一会儿又陷入愁肠百结的境地。牛大夫走后不久，让当初介绍他来看病的中间人捎来话说，他父女二人看上了马老大，只要能结为秦晋之好，他愿意贡献自己珍藏多年的几种名贵中药，免费为马老二配制中药根治，同时收马老大为徒，继承他的中医绝活，因为牛大夫几个子女都不愿学，也没有天赋。

人家是恩人，朱玲也长得五官端正，贤淑大方，本来这是好事，牛大夫一家满心欢喜地等着好消息。

不料，老马一家却商量了好多天，最终拒绝了牛大夫这番美意，理由是牛玲是农村户口，不吃商品粮。

最后，让马老大硬着头皮、红着脸送去了东挪西借的两千元，取回了牛大夫配制好的丸药，服后，马老二历经风雨，没有再发病，走上了

人生正常轨道。

牛大夫果然没有食言。

马老大此后经商却很不顺利,开大车拉货,车翻到山沟里;开饭店生意刚红火又遇到市政扩建强制拆迁;做花炮生意,进几十万元的花炮想春节大赚一笔,不想谁路过扔了一个烟头,点燃了炮摊,一下子炸响数十里;去农村包地种熟了几百亩庄稼,眼看丰收在望,一夜之间却被一群从大山里窜下来的野猪群啃了个精光……

一晃二十多年过去了。他又一次到省城精神病医院探望患病的朋友时,看到成堆的病人。痛苦的病人家属听到医生对亲属严肃地说:"不要乱投医,中医能治好这病,我们就该下岗了! 这病是精神癌症,很难治好,许多人要终生服药呢……"

马老大一听很生气,冲上去对西医专家喊道:"胡说,中药能治好,一百天就能治好,根本不需要什么终生服药,你们医院想钱想疯了,坑害病人坏良心! 简直是个无底洞!"那位专家一听就火了:"哪个中药能治? 人在哪里? 他能治我们就该下岗关门了! 你有病吧? 快叫保安抓住他隔离起来。"

他逃出那家大医院,痛定思痛,想起来当年牛大夫对他说的话,决心弃商从医。如果能请牛大夫来省城办医院,一定十分火爆,赶快让省城的专科医院专家们下岗,他师徒俩一定能够解除无数病人的痛苦。

第二天,他迫不及待地驱车数百公里赶到牛大夫村里找这位民间高手。

可惜斯人已逝,女儿牛玲早已嫁给他人。牛大夫因为后继无人,儿子不孝,临终时一气之下烧掉了诊治疑难病的临床处方和经验总结……

听到牛玲的介绍,人到中年的马老大泪如泉涌。

神针华仁德

○于家乐

　　抗日战争时期,古镇临濠有两三家医坊,其中最有名气的要数"仁德诊所",行医之人名叫华仁德。华仁德自小随父学医,中西皆通,尤以针灸为精,一根银针不知救过多少人的性命,消去多少人家的苦难,因此被当地百姓誉为"神医"。华仁德五十岁上下,面容清癯,双目和善,戴一副金丝眼镜,长发后梳,颌下三绺花白胡须,言谈举止风度儒雅,是古镇一流名士。人有了名气,往往就伴有神秘的色彩,当地人都说他是古代神医华佗的后裔。未经考证,不知实否。有人当面问及,华仁德笑而不答。于时越发显得神秘。

　　那一年日本鬼子占领临濠镇,"扫荡"中遭到当地军民的顽强抵抗,伤亡惨重。临濠镇几家诊所都住满了日军的伤兵,强迫中国医生为他们医伤治病。仁德诊所也住进了十几个日军伤员。其中一个叫广田的军官,年龄在三十岁左右,生得白白净净,很是斯文,还能说简单的汉语。他的左臂中了游击队的一颗子弹,又被摔成了骨折,住院后情绪十分低落,常常拿着一张照片痴痴发呆。照片上广田夫妇和一对儿女依偎在一起,充满家庭的欢乐温馨。一次,华仁德趁旁边无人,指着照片问广田:"这是你的太太和子女吗?"

　　"是的。"广田木然点头。

"多么幸福的家庭啊！他们现在还好吗？"

"不好。我太太去年病逝了，两个孩子现在无人照管，下落不明。我马上要开赴南洋群岛作战，唉……"广田长叹一声，沉痛地拍一下受伤的左臂，哽咽着，眼中闪现着泪花。

"别难过，你的伤很快就会好的。"华仁德安慰说。

"不！"广田突然咬着牙，狠狠地说，"但愿它永远这样！华先生，我是受过高等教育的人，我知道人间的是非曲直！"

华仁德吃惊地看着这个日本军官，默然沉思。数日后，广田伤愈。临行前，华仁德拿过银针对他说："广田先生，请允许我为你再扎一针。我想这一针对你是有好处的，因为你是个正直的人！"

银针刺入穴位，广田连声道谢。

华仁德说："免谢。我送你两句话：如若征途无艰险，望君再来找神针！请你记住。"

广田归队，不几日便奉命开赴前线。行至广州，突然左臂酸麻不止，抬举不起，虽然多次送到随军医院治疗，但屡治无效。上司见他已失去举枪舞刀之能力，便让他退役回国。

时光荏苒，转眼到了六十年代后期。神针华仁德已是年逾古稀、须发皆白的老人。那日，华仁德正在庭院闲坐，忽见一辆小车开到门前。车门一开，走出一名五十多岁的男子和两个男女青年，皆西装革履，衣帽整齐。那男子走进院子躬身问道："请问这是华老先生的府上吗？"华仁德惊起，答道："正是，老朽便是华仁德。你们是……"三人闻听，倒头便拜。华仁德急忙一一扶起，请他们进室内叙话。

进入室内，那男子问道："请问华老先生还认识我吗？"

华仁德仔细端详后道："如果老朽没认错的话，你是日本的广田先生……"

"正是。"广田激动地握住华仁德的手说："转眼二十几年过去，救

命之恩没齿难忘！今日特带儿女前来拜谢。若不是老先生临别一针，我怕早见阎王了。"说罢三人倒地又拜。

华仁德扶起广田，关切地道："先生的臂伤好了吗？"

广田道："当日开赴南方途中臂伤发作，久治不愈，才幸免战场送死。回国后渐有好转，但仍不能和常人一样抓举自如。"

华仁德笑道："想必你没忘分别时我对你说过的那句话。"

"是的。遵照老先生临别所嘱，特来拜求，请再赐一针！望老先生悲天悯人，解我病痛。"

"哈哈！老朽也正在等着你呢。来，我再给你扎一针，保你以后永不再受这伤痛的折磨。"

华仁德欢快地笑着，随即取出银针扎入广田的肩头。广田只觉得一阵酸麻之感在臂内流动，待银针取出时，左臂已能挥动自如，急忙跪地相拜，流泪惊呼道："真神针也！"

大　医

○何一飞

　　远远看到雨亭先生从水镇中医院内科大楼出来,刘省身转身躲开了。

　　刘省身这个名字是他在出狱后改的,原来叫刘红卫,"文革"中当中医院革委会主任时,曾经将一个医师批斗致死,"文革"后被判刑。出狱后医院本来不接收他,是雨亭先生找到院长说情才留下来的。因为没有医师资格证,刘省身当医师是不行了,就到后勤科做了水电工,后来又承包了医院食堂。

　　到食堂吃饭的病人慢慢发现刘省身有一大怪,食堂的事他根本不管,全部交给他的老婆打理。刘省身呢,不是拿着本老旧的医书一个人琢磨来琢磨去,就是跟来食堂吃饭的病人或病人家属聊天,打听病人的病情和诊治情况,有时还给病人把把脉看看舌相,望闻问切一番。如果病人是找雨亭先生看的中医,刘省身则千方百计要弄到病人的病历本,仔仔细细认认真真地琢磨雨亭先生的诊断结论和开的处方,好像有点偷师学艺的味道。病人也愿意把病情和雨亭先生的诊断情况告诉刘省身,刘省身为人随和且有一副热心肠是一个原因。另一个原因是病人感他的恩,来医院看病的人中有许多是农村来的,有的家里穷得看病都难,这些人来食堂吃饭,刘省身是不收钱的。

刘省身偷师学艺的雨亭先生,姓何名愚,雨亭是他的字,全省排前三位的名老中医,从事中医工作五十多年,曾获得省政府"德艺双馨"的称号。雨亭先生早就退休,但还是要求每天坐一个上午的班,医院要给他额外的报酬,雨亭先生拒绝了。也有不少人到雨亭先生家里找他看病,雨亭先生和他的老婆高高兴兴地接待着,几十年了都是一个欢欢喜喜的脸色,病人都感他的恩,有的还称他是活菩萨。

刘省身虽然喜欢琢磨雨亭先生的医术,但却怕极了雨亭先生,经常远远看到雨亭先生的身影就躲开了。刘省身做的这些事,雨亭先生都知道。他躲雨亭先生,雨亭先生却不让他躲。

雨亭先生找他来了。雨亭先生来到食堂时,刘省身正拿着本发黄的医书坐在食堂外。初冬的阳光很好,刘省身看得正入神,突然感觉眼前的光线暗淡了,就从书上移开了眼睛。一抬头看见高高大大鹤发童颜的雨亭先生站在面前,惊得手足无措地站了起来,慌得手上的书也掉在了地上。雨亭先生捡起那书,却是自己在二十世纪六十年代初出版的《何雨亭妇科治要》。

"这是你开的方子吧?"雨亭先生从衣袋里拿出一张处方,轻轻问道。

刘省身以为雨亭先生问罪来了,手足无措地"我——"了半晌,都没有说出话来。

雨亭先生也没多说,只把那处方交给了他,转过身瘸着左腿走了,走了几步回头说,你能这样,很好。又说,你为什么不去看看我呢?

刘省身浑身紧张,想要说点什么又不知说什么好,只是羞愧地看着雨亭先生远去,眼睛忽然就有了湿润的感觉。

处方是他给一个高烧月余不退的病人开的,没想到病人又拿给了雨亭先生看。雨亭先生只将处方改了一个地方,把大黄二十克改成了五十克,旁边用一行极工整的小楷注明:患者虽久病,但脉象浑宏,正

气充盈,实者宜虚之,当重用大黄。医家素来就有技不外传之说,像雨亭先生这样传道授业解惑的少。

二十世纪八十年代末,省卫生厅为了能让名老中医的学术成就有个继承发扬,决定在全省选五名名老中医,每人带一个中医学徒,学徒必须有中医主治医师的资质,由带教名老中医择优录取,经过两年的跟师学习后,可直接晋升为副主任医师。

雨亭先生是五个带徒中医之一。水镇中医院符合省里条件的有两个人,其中一个的哥哥是县委副书记,管的又是卫生这条线;另一个除有钱之外还搭上了省里的关系,都是些有能量的人。

过了几天,雨亭先生给县卫生局报了一个名字上去,却是刘省身。卫生局的人见到名字后,很惊讶也很不相信,说,何老,怎么会是他?雨亭先生笑着反问,怎么不能是他? 卫生局的人又说刘省身不是中医主治医师,不符合条件不能上报。雨亭先生说,白石大师有句话,学我者生,似我者死。我要找的是一个不仅能继承我衣钵的人,他还能超越我,将我的学术发扬光大。刘省身这人我一直在观察并了解他,虽然没有主治医师的资质,但他的中医水平和好学之心已远非他人可比,我岂能拘泥于本本而忽略真正的人才呢。卫生局的人说只怕过了我们这一关也过不了省卫生厅那一关啊,雨亭先生说,你们只管报上去,省卫生厅那边我去解释,相信他们会理解的。

听到雨亭先生还要收自己为徒,刘省身像是做梦一般,他先是不敢相信,掐掐自己的腿后才知道这事是真的。他怎么都没想到雨亭先生会把这样一个机会给自己,而且是到省卫生厅力争来的。刘省身一个大男儿,偷偷哭了一整天。

上面很重视雨亭先生的收徒仪式,省卫生厅来了个副厅长主持。刘省身按照古礼虔诚地给雨亭先生行了叩首礼,并敬上香茶。雨亭先生扶起他说,我希望你能超越我,成为一代大医。大医者不是仅仅有

大医术,更重要的是有大爱。医者圣人心,你要切记切记。

刘省身看着雨亭先生残疾的左腿,哽咽道,徒弟记住了,须臾都不敢忘。

雨亭先生的左腿怎么残疾的呢?是"文革"时被批斗致残的,带头批斗他的人就是刘红卫,也就是现在的刘省身。二十世纪五十年代省卫生厅也搞了个名老中医带徒,刘省身当时就是雨亭先生的徒弟了。

牛　黄

○孙方友

牛黄,中药名,黄牛或水牛的胆囊结石。性凉,味甘苦。功能清热、解毒、定惊。牛黄分多种,有葡萄黄、米糁黄、鸡心黄。最宝贵的为"人头黄",黄大如人头,粉如花粉,摸摸过指,被染黄的手指几年都难以洗净。懂行的见到"人头黄",从不用手直接摘取,怕染了指头泄密破财,招来盗宝之人。

一颗"人头黄",价值昂贵。疯癫如狂的患者沏上一杯牛黄茶灌了,当即就可清醒。"人头黄"为稀世之宝,一般人极少见到。

陈州解三,就曾得到一颗"人头黄"。

解三以宰牛为生,也靠牛黄发财。平常买牛,多买瘦牛。牛胆结实,是永远吃不肥的。有一日,解三购得一头老牛,剥开一看,脏内如黄花盛开,解三惊诧如痴,失声叫道:"人头黄!"

解三第一次目睹"人头黄",简直有点儿不敢相信自己的眼睛。他轻轻用刀剥开那"黄花",原来内里并不全是金黄色,而是如黑煤渣一般。解三是行家里手,细看了牛黄的部位,才开始小心地摘黄。

摘黄,也是一种技术。一般牛黄,多为汁液,必须轻轻摘下晾干,等汁液成了固体才能随意翻看。为不染指,解三小心地用刀尖切除肝脏,然后用一片肺叶托起"人头黄",摘了下来。

解三藏牢了"人头黄"。

不料隔墙有耳,就在解三打开牛腔失声高叫"人头黄"的那一刻,却被邻居夏二听了进去。夏家与解家只一墙之隔,墙上爬满丝瓜秧。夏二搬梯爬墙,把脸匿在丝瓜秧里,一下子看了个清楚。

夏二是个皮货商,往常解三晾晒的牛皮牛鞭,多由他购去再到南阳倒卖。夏二自然知道"人头黄"的价值,眼馋得瞪大了眼睛,差点儿弄出了声响。

夏二回到屋里,怔怔然了许久,决定要盗得解三的人头黄。

半夜时分,夏二登梯爬上了墙头,用系牢的绳索溜到解家院里。他先静耳听了听动静,然后用刀尖拨门。不料门没闩,他深感不妙,心想可能解三有防,便急忙藏了尖刀,匆匆顺原路而回,躺在床上,心中还在"扑腾"。他很是懊悔自己见财眼开干了愚事,怕是自己的所为已被解三尽收眼底,只是碍着面子,人家不愿当面戳穿而已!夏二为此翻来覆去折腾了一夜,直到黎明前才迷糊过去,不料刚想沉睡,突然听得解三来了。解三一进大门就高喊"二哥",一直喊到内屋。夏二很惊,急翻身起了床面带愧色地问:"兄弟,什么事儿?"

解三"嘿嘿"笑着,说:"昨晚我高兴,多贪了几杯,回来时家人已睡,我迷迷糊糊地上了床,连房门都忘了关,半夜一条狗钻了进去,叼走不少牛肉,牛皮也差点儿被撕!我想借你家的梯子把牛皮搭墙上晾一晾,别误你到月底去南阳!"

夏二一听借梯子,大惊失色,心想这解三大概真的看清了昨晚自己的所行,故意来试探虚实!更可悔的是昨夜只顾害怕,竟忘记把梯子从墙边挪开!为不让解三看出破绽,他急忙披衣穿鞋,想把解三稳在屋里,然后悄悄把梯子挪开,以除解三的疑心。不料他还未下床,却被解三拦住了,说:"二哥你睡你睡!进门时我就看到了梯子,在墙上搭着呢!"

夏二一听此言,如傻了一般,直等解三走了,他还未醒过神来。

这一天,夏二如得了重病,心郁如铅,脑际里全是解三的影子。解三为什么进门先说自己喝醉了,是真醉还是假醉?早不来晚不来,为何天一明就来借梯子?而且还说梯子在墙上搭着呢,那墙上被绳索勒的痕迹他是否看到了……

一连几天,这等问题在夏二脑子里来回翻腾,吃不香睡不宁,双目开始痴呆,偶尔还自言自语,时间一长,夏二失去了理智,开始满街疯跑。

夏家人很着急,以为夏二患了什么邪症,又求神又烧香,均不济事,最后请来了一名老郎中。

老郎中进门并不急于给夏二看病,而是细心观察。几天过后,他才对夏家人说:"你们当家的病是心疾所致,一般药物只能顾表而不能治里,眼下只能用人头黄可以根除!只是这人头黄为稀世珍物,一般药店是买不到的!"

不想在一旁自言自语的夏二一听到"人头黄"三字,突然瞪大了眼睛,下意识地接道:"解三家有人头黄!解三家有人头黄……"

老郎中一听,便暗示夏二的妻子去找解三。夏二的妻子为治夫病,就以试探的心理去解家求要人头黄。谁知解三一听脸色惧白,连连地说:"没有,我没有!我长这么大没见过什么是人头黄!"

夏妻失望而归,对老郎中说:"解三说他没有人头黄!"

老郎中听后笑笑,扭脸对夏二说:"解三不肯救你,他说他根本就没有人头黄!"

夏二一听怔然如痴,许久了,突然倒头睡去。夏二一睡三天三夜,像达到了某种心理平衡,竟奇迹般地好了。

可是,没过几日,解三竟也疯了,而且比夏二疯得还厉害,到处嚎叫:"我没有人头黄,我没有人头黄……"

牛黄

— ｛ 127 ｝ —

解家人急忙请来那老郎中给解三瞧病，老郎中望着解三，让人请来夏二，暗地安排了一番，然后让夏二对解三说："你没有人头黄！"

不料解三一听此言，更是惊恐，忽地挣脱了老郎中的手，边跑边喊："我不是不给夏二治病，我压根儿就没人头黄呀！"

老郎中望着疯跑的解三，痛苦地摇摇头，对解家人说："解师傅的病没救了，没救了！"

夏二觉得很惋惜，想想自己的所为，很是有点儿后怕！

几年以后，解三疯死野外。解三殁后，其子承父业，仍操刀杀生。解三之子不同其父，专宰肥牛，日子越见兴盛。不久，他积攒不少银钱，准备翻盖新房。扒旧屋的时候，扒出了那个人头黄，解三之子只认得一般牛黄，却不认得人头黄为何物，便求夏二指教。夏二望着那人头黄，面色冰冷，许久了才说："是一块普通的药草，你留它没用，放我这儿吧！"

解三之子把人头黄送给了夏二。

夏二把人头黄放了，每逢听说附近有人患了疯病，就用牛黄末沏成茶送给人家治病。消息传开，患疯病的人家就来夏家求"神水"。夏二分文不取，有求必应。这样过了三十余年，夏二已年近八旬。临终的时候，他唤过家人，从怀里取出那颗人头黄，安排说："这块药物，只可施舍，不可贪利！"

不料夏二殁后，其子夏仲不守诺言，偷偷拿到省城大药店把人头黄卖了，得了许多银钱。夏家从此发了大财，又建房又买地，转眼间就成了方圆几十里的富户。

夏仲有四个儿子，都因家中富有而不行正道。土改那一年，夏家被划为恶霸地主。夏仲的四个儿子被镇压了三个，剩下小儿子也被戴上了坏分子帽子。

解家后代仍是以操刀为业，新中国成立后被国家吸收为正式职

工,有一个后来还当上了县食品公司的经理,那时候夏仲已年过古稀,望见解家飞黄腾达,很懊悔当初没听家父的话。有一天,他终经不住革命群众的批斗,悬梁自尽了!

牛
黄

观 音 手

○王春迪

清末民初,江苏赣榆县内有一名医,能治百病,号脉神准。譬如孕妇,腹中男女,把脉便知,极少有错。因其姓何,人送雅号"何仙姑"。

起初,很多人以为何仙姑是一女人,因其每每号脉,都隔上一层厚厚的布帘,只露一只白嫩而纤细的小手用以把脉,问话也由一贴身童仆传达,极少以面示人。

怎想这何仙姑,竟是一男儿身!此人生来奇异,其左手,青筋暴突,坚实有力;右手恰似女人,指若柔荑,白如凝脂。

何仙姑十几岁时,被送到本地大油商张大吾家做仆人。张大吾好吃螃蟹,但怕腥气,不亲自剥壳。当时,江浙一带,吃蟹多用八种器具,简称"蟹八件",吃的时候,垫、敲、劈、叉、剪、夹、剔、盛,样样都得有功夫,何仙姑外表净秀,左手有力,右手灵巧,张大吾便让他专门为自己剥蟹。

差事轻松,但何仙姑却感到很压抑。张府上上下下,几乎没有人把他当男人来看。没事时,仆人们常常玩弄他的右手。特别是管家,经常夜深人静时把他叫到房里,让他用右手白嫩的葱指给自己捶背、挠痒、挖耳朵。痛苦之余,为治好自己的手,何仙姑看了很多大夫,但都不见效。一气之下,何仙姑找来大量医书,如饥似渴地研读,希望

能找到医治的良方,还是毫无收效。有几回,何仙姑想把右手直接砍去,甚至刀都已经握在手里,但最终还是狠不下这心。

这一天,苦闷的他无意中转到了后院,看到院中间的石桌上搁着一面没有完成的刺绣,何仙姑不由得走了过去,从没拿过绣针的他,莫名其妙拿起绣花针,一绣就是半晌,竟不觉张大吾的女儿秀秀正站在他的身后,一脸惊奇。那天,天空湛蓝,白云朵朵,温软的阳光洒落一地,何仙姑打出生以来第一次被别人夸奖,也就从那时起,他暗暗地喜欢上了秀秀。

可后来发生的一件事,让他不得不离开张府。一次,管家让何仙姑给他搓背,搓着搓着,管家涎着个脸一把捏住了何仙姑的根部。何仙姑羞愤之余,禁不住拿起板凳砸到了管家的头上,澡盆里的水顿时成了红色。何仙姑一看闯了大祸,旋即逃了出去。

这一逃就是两年,两年间,他利用自己平日所读的医书,试着当起了大夫,才知道自己那只右手,号脉神准,甚至能辨腹中胎儿是男是女。两年间,何仙姑对秀秀一直念念不忘,最终还是忍不住回到了镇上,试想或许有机会遇到秀秀,哪怕就看她一眼。但他怕被人认出来,便一直深入简出。甚至连号脉时,都隔着一道特制的帘子,里面看得见外面,外面看不清里面。

终于,有一天,何仙姑接到一个女病人,他激动得差点叫出声来,虽然女病人面部缠着丝巾,不肯言语,但手面上那个梅花状的红记,以及那举止间的姿态仍能让何仙姑很快断定,眼前这个女人,正是他日日想、夜夜思的秀秀!

但一号脉,何仙姑顿时傻了!

秀秀竟然有喜了,腹中还是一男婴!

可何仙姑知道,秀秀并没有嫁人。苦闷中,何仙姑一病就是半个月,哪想半个月之后,突然传来秀秀跳井自杀的消息。

原来，诱骗秀秀怀孕的，是县令的儿子。县令的儿子和一帮公子哥打赌，要把秀秀骗到手。事后，他不仅拒绝和秀秀成亲，还到处宣扬此事。秀秀得知，羞愤无比，尚有身孕的她，最终抱石投井。

张大吾倾家荡产地往上面告，无奈县令上面有人，事情一直悬而未决。绝望的张大吾，一年后含恨而死。

此后，何仙姑一直在想如何为秀秀讨个公道，常常茶不思、饭不想，整日唉声叹气。可巧，不久，县令儿子得了一种怪病，怪在无论看什么，都觉得在走动，哪怕面前是一棵大树，在他眼里都在"跳舞"。找了远近一些名医给他看病，都说他的脉象不实不虚，不沉不浮。后来，县令得知何仙姑号脉极准，派人来请，何仙姑对其恨之入骨，本想拒不出诊，眼睁睁看这恶棍病死。但他转而又想给秀秀讨一个公道。左思右想之后，便去了县令的府第，装模作样地把了把脉，看了看，又转了转，还问了县令儿子的生辰八字，之后，便问县令："你儿子以前是否害死过一个良家妇女？"

县令起初一脸惊愕，连连摆手，后来怕耽误儿子的病，也就把实情一五一十地告诉了何仙姑。

何仙姑说："这是她报仇来了。现在要想活命，必须按我说的来做，你们须披麻戴孝，从府前三步一跪、九步一拜地到那女人的坟前，并将自己所犯罪行公布于众，冤魂讨得了公道，自然抽身而去。"

县令半信半疑。

何仙姑说："事已至此，别无他法，你只管放心，如有意外，我自然会给你们一个说法。"

县令心想，现在已无路可走，也只能硬着头皮试一试了。

次日，阳光毒辣，酷热难耐，县令带着他的儿子，披麻戴孝，三跪一拜地来到了秀秀的坟前，当着许多看热闹的乡亲的面，自曝劣行。哪知，因为天热酷暑，本已病入膏肓的县令的儿子，听到人们的责骂，恼

羞成怒,心里蹿火,最终口吐鲜血,一命呜呼。在一旁的何仙姑,突然哈哈大笑。

县令这才知道自己上了当,威胁何仙姑立刻为他儿子号脉抢救,否则何仙姑小命不保。何仙姑不慌不忙地从腰间抽出一把尖刀,长啸一声,自断右手二指,之后,趴在秀秀坟上,失声痛哭……

后来,结局如何,传说各异。有人说何仙姑被县令害死了;也有人说,何仙姑参加了革命军……大伙各执一词,但有一点达成了共识——

打那不久,秀秀的坟前,就遍开了一种奇怪的花儿,花开两色,一明一暗,不同时期,芳香各异。

清风拂过,更像是一双观音手,微微合拢……

蛇医之死

○临川柴子

　　九斤从小就练就一手捉蛇的绝活儿。九斤的祖父和父亲都是乡间有名的蛇医，都有一手抓蛇的绝技。九斤很小就跟着父亲去山野转悠，从山里转了一圈回来，九斤的手里就缠着一圈蛇。

　　九斤不爱说话，有些自闭，但是说到蛇九斤就像换了一个人。说起蛇的习性和喜好，九斤滔滔不绝，眉飞色舞。

　　九斤天生喜蛇。夏天的时候，他喜欢把几条菜花蛇缠在身上睡觉，与蛇同眠，说是感觉非常好。他家里到处是蛇，有时笼子关不住它们，也会出来透透气，挂在院子里的树枝上，猩红的舌芯子伸伸缩缩，让村里的人非常敬畏。秋后，九斤会带着成袋的蛇到田地里去放生。他为何抓蛇放蛇，村里人不懂，有人问，九斤就一脸肃然地说这是祖训，以前父亲也是这么做的。九斤的父亲死于壮年，死于蛇伤，他医好了很多被蛇咬伤的病人却医不好自己。九斤哭着要父亲上最好的蛇药，父亲摇摇头说没有用。他说他不该三天里一直守着那个蛇洞，那是一个蛇穴，里面聚集着很多蛇，他将里面的蛇一网打尽，所以他得了报应。他说捕蛇的人最终都将死于蛇伤，这是捕蛇世家奇异的死亡方式，他叫九斤不要悲伤。

　　九斤含泪将父亲葬了，接过父亲的衣钵做了郎中，也时常给人医

蛇伤。乡间蛇多,经常有人不小心被蛇咬伤,所以九斤的生活还是过得相当自在的。九斤看看伤口就知道患者是被什么蛇所伤,然后对症下药,十拿九稳。

九斤抓蛇有一套独特的方法。他穿着一套紧身衣,高高的筒靴,手臂上有一个特制的衣兜,那里装着他家祖传的蛇草药,用来驯蛇的。他守在洞口,将特制的蛇草药从手腕上退下,就见洞内的蛇缓缓游出,像个听话的孩子一样任由九斤抓获,多毒的蛇也是如此温顺。九斤轻巧且迅捷地捏住蛇的七寸,将蛇放进笼子里。一天抓多少蛇,全凭九斤兴趣,如果愿意,九斤可以将附近的蛇一网打尽,但是九斤不会这样做。

很长时间以来九斤抓蛇纯属爱好,他只杀取少量的蛇用于养家,一到秋天他就会将大量的蛇拿去放生。父亲虽然死了,但是他的话还留在九斤的心里。

有一天,九斤又在田间放蛇。他的身后站着一个人,背着手问他,既然抓了,又何必放呢?

九斤看也不看来人说,该抓时抓,该放时放。

那人说,你不要放,你如果把抓到的蛇全部卖给我,会得到很多钱。

九斤转回头看着来人,那人商人模样。他握着九斤善于抓蛇的手说,我是慕名而来,长期高价收购活蛇,有多少收多少。你有这么好的一手绝技,却不懂得利用。

那人递给九斤一张名片,九斤接过,看到对方是什么贸易公司的经理。那人说,如果你将蛇卖给我,你从此可以过上很好的生活。你好好想想,三天内给我答复。同意我们就签约,长期合作。

九斤只想了两天,就想通了。第三天商人来了,九斤爽快地和他签了约。

　　九斤想要造一幢村里最漂亮的房子,这是九斤的梦想。这个梦想没多久就实现了。他造了一幢全村最漂亮的小洋楼,庭园楼阁,水榭假山,十分气派。九斤自豪了一阵。很快九斤又不满足,有了新的梦想,他要做村里第一个买轿车的人。当然,要实现这个愿望,必须捕获更多的蛇。附近的蛇都让九斤抓光了,九斤只得走进更远的山林。除了冬季,九斤基本上每天活跃在山野,夕阳西下,才提着成袋的活蛇回来。

　　冬天九斤是最舒服的,冬天九斤可以天天开着车去镇上喝酒打牌。有一次,风雪交加,九斤在镇上喝花酒,喝得醉醺醺的回来,突然看到路中间有一条小蛇,只有筷子粗的一条小蛇!

　　九斤酒意顿消,九斤知道这种蛇是蛇类中毒性最大的,俗称"蛇王"。九斤不敢大意,立即从袖子里掏出蛇草药。他的草药是从不离身的,但草药对"蛇王"显然不起作用。只见那蛇飞起,在九斤的颈间留下若有若无的一吻。九斤轰然倒地,而那蛇窜进路旁的草丛中,倏忽不见。

　　九斤被人发现的时候早已气绝多时。因为死状神秘,有人报了警。法医来验伤,最后断定死于蛇伤。但是法医被自己这个判断搞糊涂了:这冷冷冬日,蛇从何而来?

悬丝诊脉

○李宽云

清朝年间,卫运河畔有一位老中医,医术非常高明,有人说他能悬丝诊脉,方圆几十里的人有病都找他诊治。

夏日的一天,老中医被一家员外请到府上,落座后,员外开口道:"不才有一女,前些日子不思饮食还时常呕吐。久闻先生精通医术,故此相请。"老中医说道:"听员外所言并非疑难之症,为何不就近请医诊治?"员外摆手说道:"说来见笑,小女幼年丧母,孤僻任性,得病后不许生人进她闺房。先前所请医生只凭丫环传话诊治,汤药吃了无数,都不见疗效。闻听先生能悬丝诊脉,今日正好一展绝技,也让不才开开眼界。"老中医听罢,沉思片刻说道:"悬丝诊脉乃不得已而为之。若有差误,恳请担待一二。员外若能应允,请告知小姐闺房所在,小人也好安排诊治。"

老中医跟着员外来到后院,见小姐住在平房,便手指对面二楼一间开窗的屋子说道:"我要在那里给小组看病。"来到楼上,从窗口垂下一缕丝线,吩咐丫环打开闺房的窗户,把丝线拴在小姐的手腕脉门处,中间不许触到任何东西。老中医把丝线的另一头用左手抻紧,然后坐在靠窗的桌前,右手食指横搭在丝线上。员外坐在老中医对面,睁眼观瞧,只见老中医垂眼静思一阵儿,忽然眉头紧皱,接着脱口而

出："奇怪,小姐的脉象为何如此紊乱?"

"哈哈哈哈!"楼下突然爆发出一阵笑声。老中医闻声惊起,循着笑声望去,顿时脸色大变。员外也起身观瞧,只见两个丫环在闺房里笑得前仰后合,再看那根丝线正被一块鹅卵石压在窗前的桌面上!员外正待发作,却又转向老中医挖苦道:"先生果然医术高超,竟然测出了桌子的脉象!"老中医涨红了脸,顾不得礼节,急匆匆下楼来到闺房窗前,仔细察看一番,转身对跟过来的员外说道:"丝线压在桌子上,自然摸不到小姐的脉象,但我敢断定这桌子里有虫子!""先生,这不可能!"一位老家丁抢先道,"这是张老榆木桌子,老奴年年油漆,就是有虫子也早就死了。先生这次大概是错了。"老中医没理会家丁的插话,口气坚定地对员外说道:"请把桌子劈开,如果里面没有活虫,小人愿加倍赔偿!"

事情到了这份儿上,员外也想见证一下,于是命令家丁:"按先生所说,把桌子劈开。权当是添点柴火吧。"家丁依言,将桌子抬出屋外,刚用利斧劈了几下,就发现了一条两寸多长的"榆虫子",藏身处正有一些新鲜木屑。丫环、家丁目瞪口呆。员外见状说道:"先生既有如此神技,请继续为小姐悬丝诊脉。"老中医二番登楼,手抚丝线静气凝思片刻,舒展眉头对员外说道:"恭喜员外,小姐并非患病,而是喜脉!""什么?"员外愤然起身,狠狠地盯了老中医一眼,冷笑一声,拂袖而去,弄得老中医丈二和尚摸不着头脑。这时家丁走过来,呵斥道:"你这老头儿胡言乱语!我家小姐尚未出阁,哪来的喜脉?员外若不念你上了年纪,早把你乱棍打出去了。还愣着干什么?快滚!"

老中医闻言,如同挨了当头一棒,懵懵懂懂地来到门外,见自己的马车已被破坏,马也被开膛破肚,血流满地。围观的人远远地躲在一边,交头接耳。老中医羞愤交加,悻悻而去。

第二天,有位医师打扮的青年人登门求见员外,见面后躬身施礼

道:"晚生乃老中医弟子,家师年迈又多年不曾悬丝诊脉,故有误诊。家师回家后细思小姐病症,实乃阴阳不调所致,服些汤药即可治愈。今日特命我送来三服中药,以表谢罪之意。"员外欣然接受道:"尊师既已认错,老夫不怪罪也就是了。"

小姐服了老中医的三副中药后,病症果然减轻。员外大喜。过了几日,青年医师又送来三副中药,小姐服用后,身体已无不适之感。此后,青年医师按期送药,风雨无阻,不知不觉已近半年。

这一天,半年未曾露面的老中医来到员外家门前,口称有要事求见员外。员外把老中医让到客厅,屏退左右,问有何要事。老中医答道:"今日员外千金临盆,小人送来良药以保母婴平安,这难道不是要事吗?"员外大惊失色,红着脸凑到老中医跟前小声道:"老先生都知道了?"老中医正色道:"半年前我据实相告,员外不信,我恐怕员外再请来庸医乱用虎狼药伤及小姐性命,便自认误诊,命弟子送保胎药并注意动向。我估算小姐将于近期临产,便在附近观察巡视。今日府上丫环、养娘进进出出、行色匆匆,想必是小姐猝然临产。小人唯恐慌乱中救护不及葬送母婴性命,便冒险前来陈述利害。员外如再讳病忌医,小人即刻收药回家,权当耳聋眼瞎不知此事,任凭员外骨肉祸福未卜!"员外听罢,冲老中医一躬到地:"先生如此恩德,鄙人无地自容。且请留候,鄙人当以重金相谢,只求先生千万不要声张。"老中医面色凝重地说道:"还我马车!"员外一愣,随即满口答应。

几天后,员外联合当地乡绅给老中医送了一辆崭新的马车、一匹高头大马,另加一块"神医"牌匾,明说是受民众之托,实为自己遮羞。不过此事的真相以后还是被人泄露出来。从此,卫运河畔流传开了一句话:"有病没病,别糊弄先生。"

神医扁伦

○徐国平

整个浞城只一家药铺，就是妙春堂。

妙春堂的老板扁伦，善于配药，据说还是神医扁鹊的后裔。

扁伦父亲辞世早，因而他年岁尚轻就挂牌行医，很多同行瞧不起他。那年，浞城人传染了一种奇怪的瘟疫，死了不少人，许多药铺都束手无策，就连扁伦也关了店门。五日后，扁伦一脸蜡黄，终配制出药方，分给患者服下，不出一日便药到病除。只是扁伦尝药太多，险些坏了身子，调剂半月才恢复气力。

胡大棒原是土匪，杀人越货，恶事做绝；后投靠国民政府，混了个司令头衔。他调任浞城没几日，就来到妙春堂。原来他得了一种花柳病，久治不愈，虽连娶八房姨太太，仍无己出。

扁伦面色淡定，带胡大棒到内室观望片刻，就配出药方。

胡大棒砍过好几个中医的人头，见扁伦这么从容，边提着裤子边威吓说，若是糊弄本司令，小心我毙了你。

扁伦微微一笑，医者父母心，我不管你是司令还是叫花子。

两个月过后，胡大棒亲带一队卫兵，还动用了军乐队，吹吹打打来到妙春堂。原来，胡大棒顽疾痊愈，八姨太还有了身孕。

胡大棒欣喜过望，下令浞城只准妙春堂一家挂牌行医。

扁伦也没想到会是这个局面,再三劝止,可胡大棒一意孤行。

这天,扁伦正在内室给一病人问诊,警察局派人来请。扁伦便被带到监狱,只见牢房里躺着一个血肉模糊的年轻女人,四肢都被打折。

扁伦于心不忍,忙正骨定位,并取出跌打药敷在女人的伤处。

女人脸上浮现出感激的笑容。

扁伦同情地问他,你一个弱女子,何苦这般吃苦受罪?

女人语气一下子变得铿锵起来,说为求天下劳苦大众翻身。

扁伦一怔一怔的,有些不懂女人这话的意思。但他还是尽心给那女人换药疗伤。胡大棒发话,不能让那女人死了,要活口。

一日晚饭后,扁伦有些乏困,正想歇息,前堂跑腿来敲门,说有人登门求医。扁伦随即到前堂,见是一身材魁梧的中年男子。扁伦问病在何处,那男子一脸焦灼,说病在心处。扁伦便带他到内室。正要把脉,那男子见无他人,直言道,久闻先生医德仁厚,为人正直,能否帮我办一件事情?扁伦有些警觉地问,啥事?那男子轻声说,救我一位同志。

扁伦慌忙吩咐跑堂看好大门,不经允许谁也不许进来。内室的灯亮了半宿,扁伦才开门亲自将那男人送走,并一再叮嘱他,照方吃药。那男人鞠躬回谢。

日上三竿,扁伦拎着药箱又去监狱。这回给那女人煮了一碗汤药,说是调理身体。午饭过后,扁伦正靠在椅子上小憩,被警察局的人闯进来惊醒,说那女人不行了。他慌忙赶到监狱,见那女子面色惨白,口鼻蹿血,气脉皆无。扁伦对一旁的胡大棒摇了摇头,说,女子体弱,难堪重刑,内脏俱裂,气息全无。

胡大棒大骂了手下一通。那女人当即被抬出监狱,草草扔到了荒郊。

隔日,扁伦来到胡大棒府上,说要出城采购草药,求司令通融一

下,开张特别通行证。胡大棒应允。

有了特别通行证,扁伦他们一路畅通无阻。几日后,就来到一处遍山开满映山红的山脚下。为首的那魁梧男人,激动地握紧扁伦的手说,药材安全到达苏区。太感谢您了,扁先生!

身旁一个后生,甩手扯下头巾,露出一头飘逸的秀发,也攥住扁伦的手,感激万分地说,死而复生。扁先生,真是神医啊!

扁伦开怀一笑说,言重了。救人疗伤本是医者本分。你一弱女子胸怀天下苍生,铁骨铮铮,更是不让须眉啊!

原来,那女人是浥城的中共地下党,叫方晓,为苏区红军筹集了一批急需药品,只是没等送出,就被叛徒出卖了。幸亏她将药材藏在一处只有自己知道的地方。地下党十分焦急,多次派人相救,都未成功。后来打探到扁伦跟胡大棒的特殊关系,浥城地下党魏书记便冒险到妙春堂,一番话语打动了扁伦。

扁伦苦思了半宿,配制出阴阳汤,便告知了魏书记详细营救计划。

果然方晓喝下阴汤,慢慢便气息皆无,形同死人。早已守候在监狱外的地下党,立马将方晓救走,灌上阳汤,没出半个时辰,方晓竟气息贯通,如同从熟睡中醒来。

中医老于

○康哲峰

　　老于出身自石城最负盛名的中医世家,从小跟父亲坐堂出诊,耳濡目染,练就一身精湛医术。

　　老于说,中医诊断疾病靠的是望闻问切,这四步哪一步也不能少。病人一进门,你就应该开始头两步了,即望和闻,这包括看病人的面色、行走的步态和听病人与你说话的声音、闻病人身上的气味和呼出气体的气味等。此时就应该对病人的病情了解五六分了。

　　接下来再问问具体的发病时间、主要症状等,最后进入摸脉这最关键的一步。学中医最头疼的就数摸脉了,所以中医口头经常挂着一句话,就是"心中了了指下难明"。老于当年为了体会医书上说的"滑脉如盘走珠"(就是说滑脉就像玻璃珠子在光滑的盘子里滚动一样)的感觉,摔了不知多少个盘子呢。

　　老于经常对来看病的人说,来,做个 CT。把人家病人说得一愣一愣的,还以为自己走错了科室。老于却大笑着解释,咱们中医的摸脉就是做 CT。有什么毛病,这两根手指往上一搭,就一清二楚,比他们西医快、准,还没有辐射。你说多好。老于最绝的还不是摸脉,而是针灸、拔罐、刮痧。因这三大绝技,老于被人称为"于三绝",很多疑难杂症到了老于这里就除了根儿。

名声大了,烦恼也随之而来。一位省里领导想请他到家里诊病。可是,老于是个讲究原则的人,他从来不到病人家里诊病。不管是谁,只要让他看病,都必须到医院挂号、排队。在他眼里,病人就是病人,没有社会上那些三六九等之分。因为这老于得罪了不少人,包括本院的医生和领导,为此,老于副主任医师当了十几年还转不了正。一些碰过钉子的人都在背后说老于狂傲,瞧不起人。可这次省里领导慕名而来,也知道老于的原则,就直接找到院长那儿了。

这不,快下班了,老于处理完手头工作,刚要起身,院长到了。平时院长是不到老于这个小办公室的,中医在医院不吃香,要说挣钱还得靠西医。所以,平时院长眼里是不大有老于这样的人的。这次能屈尊前来,全是因为省领导。

院长热情地和老于寒暄一番之后,才切入主题。老于啊,这次你千万要给我个面子,给省领导个面子,咱们医院今后少不了靠人家关照的。老于脖子一梗,省领导怎么了?我要不去,他会让公安来抓我吗?院长说,那肯定不会。老于眼一瞪,那你转告领导,看病请来医院,先挂号,后排队,恕不前去。院长变了脸色,于医生,你回去好好想想,如果想不通,我这小庙可不敢再养你这个大神,哼!转身拂袖而去。

老于甩上门,开车直奔外环,绕城一圈,心中渐渐平静下来。回到家中,饭也没吃,上床睡了。第二天,老于心中还是憋气,喝几口自制的养神茶也无济于事,干脆让徒弟给自己刮起了痧。正刮得舒服,电话响了,是朋友老蔡打来的,说是发现一个喝茶的好去处,约好下班后一起去放松一下。老于心中正郁闷需要发泄,就爽快地答应了。

下班后,老于按老蔡说的地址开车前往。到地方一看,还真是不错。茶馆位居闹市而又不失幽静,在繁华的大街东侧又紧邻一座公园,三面树木紧抱,一面尚有湖水一泓,门前也不见车水马龙。门脸不大,但古朴典雅。老于下车,电话响起,老蔡赔罪说临时有急事来不

了,已为老于定好雅间。既来之,则安之。老于信步走向门口。

早有一位穿中式旗袍的美女迎了出来,面带娴静的微笑向老于问候,将老于让进一间不大的茶室。茶室很精致,墙四周的架子上放了一些奇石,石色多半为冷色,或青,或黑,或绿。东墙上有一幅字画,上有四个字:月知鱼来。老于心爽:真乃好兆头,看来要常来了。

先上一壶五年普洱,汤色纯正,半透明的红色里隐着欲言还止的浓情,嘬一小口,即觉牙根生香。淡淡的络绎不绝的陈香,像隔年往事从一位慈祥的老人口中绵绵而出般和缓悠长。美女一边红袖添香,一边讲着普洱的来历,端庄优雅的面庞上沁出几滴珍珠般的汗水,在微光下闪烁着星星般的亮光。

交谈之后,才知美女竟是茶馆老板,名叫小月。老于更是暗爽不已:小月,老于,月等鱼来,缘分啊!不觉喝得茶醉。见老于飘飘欲仙之态,小月说,听说您医术高明,我父亲最近身体不适,正在我处,能否借此机会帮我个忙?老于说,怎么不行?请——一番忙活之后,老于又开好一张药方交给小月,方坐于桌旁,悠然品起茶来。再看病人,身上密密沁出一层白毛汗,精神竟立马见好。小月连连道谢,再上新茶,尽心冲泡。

这一喝不觉天色已暗。老于不记得如何出的茶馆,不知是否有人相送,也不知埋单与否,甚至不知如何开车回的家。以前从不知茶能醉人,今日一醉,竟如南柯一梦。次日上班,仍在半梦半醒之间。

正在回味昨晚之事,院长笑嘻嘻地出现在门口,手中提一礼盒,是上好的陈年普洱。院长边笑边意味深长地说,老于,真有你的,你这是明修栈道暗度陈仓啊!这是领导托我转交的一点心意。你放心,今年正主任医师那事,我包了,哈哈哈。

院长走了,老于愣愣地坐着,喃喃自语道,月知鱼来。好一个月知鱼来。不行,我得问问老蔡去!

五 味 子

〇竹剑飞

　　五味子是一名乡下土郎中。五味子不是他的真名,但当地人都叫他五味子。也许他姓伍,又是郎中,跟中药有那么一点关系。他在当地可有名气,而且生在一个郎中世家。他上面至少有三代做郎中。在这方圆几十里的屯子里,从牙牙学语的婴儿到白发苍苍的老人,哪个没登过他家的大门? 甚至外乡人都从大老远慕名而来,只要提起五味子,就会想到本地的郎中,就会有一些热心人引路,一直到他家门口。有人叫他爷爷,有人喊他大哥,也有人喊他贤弟,但更多的人都尊称他为先生。

　　五味子大多时间都坐在家中,一只手端着茶壶,轻轻地呷一口茶水;一只手搭在病人的脉搏上,仔细地诊。好像这个浑浊世界在他的把脉中能够左右逢源,变得清新,日子也过得平淡而舒心。他开的方子常常是药到病除,病人不会再来第二趟。

　　"九一八"事变后,日本鬼子大举侵占东北,也侵犯到这个民风淳朴的屯子。随着日本兵的侵略,还有大批的日本侨民。一时间,县城、小镇、乡村都会听到叽里咕噜听不懂的声音。当然了,这些日本人也会生病,而且还由于水土不服,就非要跑到五味子郎中那里去吃几服中药调理。来人穿着和服,彬彬有礼,一个劲地鞠躬致谢,大概也是慕

名而来。五味子也忙起身还礼,样子很可笑。有村民看见了就很鄙视,说,这五味子真不是个东西,居然给日本人看病,还这么客气。你是个郎中吗?随便弄点什么药,他们一个个一命呜呼了,他们还敢再来,还敢侵略咱们?

五味子听了直摇头,说,你们不懂,我只是个郎中,到我这里来的都是病人,我要为他们负责,也要为自己。有人就说他忘本,忘了自己的老祖宗,不是个中国人。五味子没话可说,只是手里拿着一些中草药看了看,他明白这药既可救人,也可杀人。没话可说也是一种淳朴的民风,日子就这么一天天过,治病救人,为别人也为自己。

一天,保长赶过来,不怀好意地对五味子说,我说五味子啊,他们都说我是个汉奸,可我也是为了保一方平安,曲线救国。保长抓了一把中草药,放在鼻孔下闻了闻,然后放回去,说,我跟你一样,治病救人,嘿嘿。

五味子瞪了保长一眼,没有说话,只是将保长闻过的那些中草药从匣中拿出,随手抛弃在墙角落。

保长见了,随口说,你这是干什么?不能这样啊?咱俩要团结。

一日,一个日本军曹在保长的陪同下来到五味子家中,说,你,五味子,现在就带领村民马上赶到前线,参与抢救皇军伤员。皇军正在和东北抗日联军作战。军曹态度很傲慢,不容五味子有半点讨价还价。

保长低三下四,在一边鼓动说,五味子啊,乡亲们都集合完毕了,专等你发号令呢。

看来这一关是很难逃过了,五味子心里想,如果不去,那乡亲们的生命就很难说,自己倒是无所谓。五味子淡淡地看着他们。日本军曹和保长,看着太阳慢慢地落山。他看见明晃晃的刺刀,看见日本军曹那一脸的横肉,也看见保长低头赔着笑的脸。这一刻,他居然看到了

很多,看到了一生中所能看到的全部内容,但他最熟悉的还是那些中草药。

五味子拿起一麻袋五味子药,走到乡亲们身旁,给每个乡亲分发十粒五味子,叮嘱他好好保存,路上会有用。留下的乡亲手里都拿着十粒五味子,跟五味子去的人手里也拿着十粒五味子。乡亲们都默默地看着他,谁也没有说话。

郎中五味子上前线了,乡亲们望着他的背影深深地为他担忧,他是背着药箱上前线的。他居然站在日本鬼子一边上前线,而对方却是抗日的东北联军。有人说,是鬼子的刺刀逼着他上的;也有人说,是乡亲们的生命硬逼着他的,也许还有那些中草药。

五味子没有回来,和他一起去的乡亲们都没有回来。屯子里却跑来了大批鬼子,以及四处乱叫的狗,保长也在里边,将整个村庄团团包围,并大声嚷嚷道,交出五味子,快交出五味子!

三天以后,整个屯子毁于鬼子的淫威下……而手里拿着十粒五味子药的乡亲们却都逃生了,没有一个落下。

几年以后,有人跑回来说,当年五味子和他的乡亲们将日军伤员全部弄死,然后逃掉,跑到抗日联军那里去了。

郎中毕竟还是郎中,总会有办法。

一人二人

〇春　子

　　梧桐树有两种,本地梧桐和法国梧桐。本地梧桐直,水青色,叶大,梗粗;法桐没有本地梧桐高,灰白色,枝茎多,叶儿也较小。古典"叶落知秋",指的就是我们本地梧桐的落叶,一入秋经风,就落了。法桐不,叶子能经秋风能经霜,落得晚和迟延,有的叶子甚至到了来年春天,被新叶子顶落,才入了土。

　　王梧桐的名字是因着法梧桐。生他的时候难产,他爹妈包括他爷奶都急得要命。那时候条件差,整不好,娘奔死儿也奔死。就在这时候,秦普仁刚好来小村买东西。读过我的一些笔记的读者可能还有印象,我们小村叫呼滹,临着方清公路,有一个供销合作社,方圆十里八村的人来买小东西——巧,正在王梧桐的妈哭天抹泪的时候,小秦庄的秦普仁来买盐。他是个赤脚医生,就被正要往城里送老婆的王梧桐的爹拦住了,好歹先给看一下。

　　紧病慢先生。"先生"是我们袁店河上下对医生的敬称,得读成儿话音才有味道。秦普仁也这样,不着急,把脉,听音,就让王梧桐的爹去找片梧桐叶,大火熬水,喝了,试试看。那时候,梧桐树稀罕,有人就说,河湾里有一棵,可高;秦普仁说,落到地下的叶子就中。王梧桐的爹就要往二里远的河滩跑,秦普仁说得法国梧桐。大家都愣住了。

秦普仁说你往县里去,到城西关口就中,见梧桐树,捡一两片树叶儿回来。

那时候,法国梧桐还真是稀罕物。队长就推出了村上唯一的自行车,往返六十来里地,王梧桐的爹一身汗水,竟抱了一怀的梧桐叶。秦普仁就用了一两片,投进滚水头……王梧桐的妈喝了水,一两分钟吧,王梧桐就滑在了他奶的怀里!王梧桐一家谢秦普仁。秦普仁说,我也是一试。法桐叶耐枝,不好落;被风吹下来的含蓄着秋风的凉气,助产。

王梧桐的爹听不懂这些,不管,只是狠劲地在供销社灌了五斤红薯干儿酒、称了二斤大青盐,送给秦普仁。秦普仁坚决不要,只是喝了一碗桐叶水,"我这两天上火,便不通,也正想要这味药,嘿嘿……"王梧桐的爹将剩下的法桐叶用纸经子缠绕得紧紧的,放在屋梁上,说,神药!秦普仁的名儿在袁店河上下传开了。

秦普仁其实早有名气,不过不在医,在他的怪。他习武,天天早上到袁店河边走一趟八卦掌。他说,医武相通,习医之人当习武,疗效大不同。秦普仁习医是自学的,针灸,就是喜欢,也没有人教。他在红卫兵收缴起来第二天要烧的书中找寻出老医书,用两只老母鸡换了,包上《毛泽东选集》的封皮,放在床头的小柜子里,认真地看,然后在自己身上试针、拔罐、刮痧,摸索着学。还有一些草药,试着下量,先自己吃,有时候嘴歪眼肿好几天。

秦普仁的怪成为人们的笑谈,特别有人当着他的面这样说时,他一笑。那笑,有些冷有些傲有些睥睨。"睥睨"一词是有着深厚私塾底子的王清波说的,等我读到了大三,才知道这个词语的些许意思,但总是读不准音。

后来,秦普仁就离了袁店河,到城里再到南阳再到郑州最终到了北京,一根银针打天下。很偶然,在一家很有分量的中医药杂志上,我

看到了有关他的报道,特别是他的针灸"三通疗法":微通、温通、强通。他有着八卦掌的底子,进针时跟了功,"心行意,意导气,气运针,针通经",厉害得很!

秦普仁也回袁店河,总是悄悄地。有一回八月节前后,正在河边放羊的王梧桐见一长须老者,舒缓地打了一通拳,问了他几句话,并问了他一个名字,王梧桐想不起来。晚上,灯下,王梧桐给他爹一说,王梧桐的爹有些急,"那是你爷的大号啊,你就知道他叫王老七……"王梧桐的爹就问来人的相貌和后来的情形。王梧桐说没在意,反正会打拳,接着上了停在袁店河大桥上的一辆小轿车。王梧桐的爹拍大腿,"肯定是秦先生!修大桥时人家从北京送回来一麻袋钱!"瞅着梁头上那包法桐叶,王梧桐的爹感慨好大一会儿。

秦普仁和王清波相熟,因为呼漮小村像他们这样八十来岁的人不多了。去年春节,王清波叫我看一个拓片,是秦普仁的一方闲章,阴文,很古朴。王清波说是京城一个高级领导送秦普仁的,秦普仁用针治好了人家的老毛病。那领导用一块很好的玉料,请一刻印大师,治了这枚印:一人二人。

王清波说,秦老先生问我是啥意思,你说说?

一人二人,一人二人,我琢磨了一个晚上。第二天一早,我去找王清波,"老师,是'大夫'的意思。"

我知道王清波在考我,他是我的启蒙老师,没少在我春节回老家时,给我出这样的题目。我觉得我找到了答案。

王清波坐在很古式的太师椅上,看了我好大一会儿,摇头晃脑,昏花的目光中略略有些赞许,"再给你一个晚上。"

可我实在没有想出,我再去王清波家时,他刚写了一个大斗方:大仁。敬送普仁兄。壬辰年冬月

大仁!

秦普仁准备在袁店河投资建一所针灸学校,免费传授他的"三通疗法",当之无愧!

王清波捋着胡子,说,一字一句。

赵 先 生

○杨小凡

赵先生三十六七岁的年纪,鼻子上架着一副金丝眼镜,头发一根一根地向后背梳着。只有到了路灯都亮了,才能见他坐在人力三轮车上,手执一把纸扇,匆匆地来去。给他蹬车的从来都是那个胖胖的,样子有点呆的人,有人听到赵先生喊他福哥。福哥是赵先生的本家,也生在龙湾,还没娶过女人。每当赵先生去酒楼或朋友家会客,福哥总是坐在门外有滋有味地吸烟吐烟。

现在人们就只能在酒楼前偶尔见到那辆与各式轿车不相配的三轮,福哥总是跟在赵先生后面同坐一桌的。据说,是从三年前药都大腕的一次高规格聚会开始的。那天,福哥第一次尝了一个盘子里的汤后,就用馍蘸着,大口吃起来,满桌人先是一愣,继而大笑。赵先生在众人笑过后,一个一个地把盘子里的汤倒在了面前的金边小碗里,端起来一口喝尽,随后拂袖而去。自此,福哥就与赵先生同桌进餐了,即使是市长请客也没例外过。

在药商圈里,赵先生是个怪人。大凡见过他的局外人也总觉得他别别的,神神的。

其一,他从未坐过什么轿车,总是福哥的那辆三轮车悠来悠去。

其二,谁去借钱他都借,且从不收别人还的钱,只不过借一百只给

— { 153 } —

五十。现如今也成了大款的弟弟例外过,当初他向哥哥借钱时,哥哥拿出要借的钱却又一把火烧了,没借给一分。

其三,他有时西装毕直、皮鞋照人的很新潮,有时又一袭长衫一双布鞋的挺古怪。

其四,他从不喝酒,但北关的一处院子里常有不少人吆五喝六地在大吃大喝。不过,这些人多是教师或写文做画的一帮闲人。

其五,唉,不说也罢。

赵先生一直没婚配,老母的尸首埋到龙湾河弯后,家里再没有过女人,也从未有过拈花惹草的绯闻。像赵先生这样一等一的人才和数一数二的富名,不可能没有过女人,人们这种猜测是对的。

赵先生是苦恋过一个女人的,也就是这个女人使他从一个乡村中学教师成为千万富翁的。赵先生和他唯一的弟弟是靠老母在龙湾养大的。不是说人穷好读书吗,赵先生在短短的苦日子里一口气读到了大学。大学期间同班一个叫玉的女孩看上了他的志气,背着爹娘私定了终身。一纸分配介绍信让玉留到了省城一家机关,赵先生却回到了乡村中学。

玉一连写了三十封信未见回音后,就突然出现在赵先生那间只有一张木床和一桌书的办公室。三天后玉走了,赵先生埋头睡了五天。第六天便离开了学校,从未回去过。赵先生见药商们的大批药材外运困难就一身泥一身汗地替别人联系车,装药包。一年后他就成了"顺达联运公司"的总经理。可以这样说,现在药都顶尖的药商都是他的客户,托运价格低,信誉好。四年后,赵先生就买下了市中心丽人商场,并把那个商场中据说曾羞辱过他和玉的女售货员,一个什么官的女儿压在了身下。

后来,他去找过玉。那天,正下着暴雨,他在玉的楼前一直站着。雨停了,玉没下来,玉的妹妹送给他一封信。现在这封信仍压在赵先

生卧室的台板下,据福哥酒醉后说,信很短,只有一句话:她羞辱过你,你又报复了她,我恨你,更爱你。但我已患了绝症,将要走了,忘掉我吧。

从此以后赵先生就成了现在的模样。

这不,路灯又亮了,他正坐在福哥的三轮车上,悠悠地向城南的芍花公园去呢。

神 针 李

○杨小凡

嘉庆年间,药都曾有一任知州——李廷仪。

到任不久,他便一身青衣独出衙门,被这古城闹市所迷恋。

走着,走着,忽见街旁一白眉寸余、白须过胸的老者正给一妙龄女子看病。举目望去,只见老者头上悬一迎风飘舞的布旗。上书:专治未病之人,神针李。

李廷仪弯腰蹲下。"无病何须治,庸医自扰之。"说罢,折扇轻摇。

"世上无无病之人,病之显现有先后尔。"老者瞑目自语。

"先生,我病在何处?"李廷仪一脸的讥诮。

老者白眉微挑,审视片刻后又瞑目自语:"观你病在满字。"

任李廷仪再三追问,老者不再言语。

话说,三年之后,李廷仪李知州突患怪病:肚鼓如牛,叫春猫一般地苦叫不止。遍请百里名医,均摇头而退。李廷仪忽然记起三年前老者所言,便立令去寻。

李廷仪又嚎了三天三夜后,老者终至。

"三年前,我观你双目曲光,必定性贪,故断你病在满字。今日验否?"

在李廷仪家人和衙门上下的哀求下,老者让其侧卧后,忽从空竹

杖中取出一枚两尺半长的银针。

"如此之针，拿你的命来。"说话间，银针穿肚而过。只听李廷仪一声厉叫，肚里的脏水哇地喷将出来。

在众人的惊诧之中，老者悄然而去。

说来也怪，老者离去后，李廷仪所喷洒之青石地面，长出一块块银圆状的圆圈。

李廷仪病愈后，就命人扒出带圆圈的青石，在背面刻上"戒满"二字，立于州府门前。

李廷仪后因清正廉洁而官至正二品，那是后话。

知情人说，这满字碑现仍存于药都博物馆之中。

徐 鬼 嘴

○杨海林

巫医,其实是一种介于巫和医之间的一种职业。

巫师们看不起巫医,认为他们并没有捉鬼除妖的本领;医生呢,也看不起巫医,认为他们是招摇撞骗,为了贪图蝇头小利,常常会延误病情。

可是乡民喜欢,一则因为巫医并不是巫师和医生所说的一无是处,有些病,他们确实能治好。二则呢,巫医给人治病有自己的行规,不收病家的钱,甚至连一句感谢的话病家都不必说,他们只会收一点实物——这些实物也不昂贵,一把菠菜,一升小米,都行。

若是病家拿来了东西——就算是一把菠菜一升小米,那么,无论多忙,巫医都得放下手里的活儿给人治病,稍微怠慢,他的手艺就会失灵。

比方说吧,我小时患过腮腺炎,叫一个巫医瞧见了,他事先跟我妈说,让她晚上领我去他家诊治。

我记得他用墨汁涂了我的两腮,涂的时候嘴里絮絮地念,我竖起耳朵,也听不明白。

做完了这些,我妈一声谢也不敢说就领着我走了。

后来,我的腮腺炎好了,我妈才提了菠菜去道了谢。

长大后我听说过去的墨锭为了防腐,做的时候会加一点中药,这些加进去的中药,有的就是用来治腮腺炎的。

但也有不借助于中药的,这就有些神奇了。

我们这里还有个巫医,姓徐,叫徐鬼嘴。大家这样叫,其实是对他的一种认可吧。

徐鬼嘴主要给小孩子治病,不管什么病症,只要他有把握,都用同样的手法。

在正午时让病儿站在太阳底下,他会根据小孩得的什么病、病到什么程度,在小孩的周围画上大小不等的圆圈。

随手拿起一块土坷垃沿着这个圆转,嘴里念念有词。

最后他会把这块土坷垃捏碎,放在小孩的头顶,说声,中。

"中"是我们这里的方言,就是"好了"的意思。

把小孩牵回家,睡一觉,不管是拉肚还是发烧咳嗽,醒来后都会好。

徐鬼嘴一个人过。

我这样一说,你就知道故事来了——

有一回,一个外地的女人领孩子来找他看病。

这个孩子一直拉肚子,在医院看不好,皮肤干得一碰就沙沙地掉皮屑,一点儿水分都没有了。

徐鬼嘴看看那女人,说我看病,得选在正午呢。

那时候地里还有露水,很显然,不是他治病的时间。

女人看一看,与其在这里干坐几个时辰,不如帮他收拾收拾吧。反正闲着也是闲着,反正,这个徐鬼嘴家里乱得没个插脚的地儿。

她还帮徐鬼嘴做了一顿香喷喷的午饭。

看完孩子的病,吃完饭,让孩子去床上躺一会儿。

他自己,跟这个女人唠起了嗑。

后来,这女人又来了几回,有时是领别人家的孩子来看病,有时,纯粹像走亲戚。

收拾收拾屋子,给徐鬼嘴做做饭。

后来,住下不走了。

这女人的男人打工时看上了别人,好多年也没个消息,她把自己的孩子带过来,跟徐鬼嘴成了一个新家。

把个徐鬼嘴美死了。

徐鬼嘴很快有了自己的儿子。

这孩子很快长到七八岁。

生病了,咳嗽。

徐鬼嘴要把他送到医院。

女人不肯,女人说当初我相中你,就是看你是个巫医呢。你有治这个病的本事。

好吧。徐鬼嘴让孩子在太阳下站好,画了圈,他捏块土坷垃转来转去。

转来转去,嘴里念念叨叨。

额头上大滴大滴的汗珠冒下来。

女人有点奇怪:不好治?

按说这病没什么难治的,这种病,我治过几百例,可是今天,我咋对自己一点信心都没了呢?

徐鬼嘴自言自语。

好不容易把手里的土坷垃捏碎,撒到孩子头顶。

去睡一会儿吧。

孩子很听话,午饭也没吃,进屋睡觉了。

过一会儿,咳嗽没了。

女人朝徐鬼嘴竖起大拇指。他们都不知道,这孩子,其实已经死

了。

就那么一个咳嗽，竟要了孩子的命！

都怨我呀，给孩子治病的时候，我心里一直没个底。

我以前，从不这样的。

徐鬼嘴欲哭无泪。

女人呢，走啦。

女人临走时说："是我害了孩子呀。你治不好孩子的病，是因为你心里有了杂念——因为这是你的孩子，所以你对自己失去了信心。"

游 医

○赵明宇

　　江湖游医多有骗术。试想,真有本领的大夫在家中坐诊也就门庭若市了,哪里还需沿街串巷吆喝着为人家看病?

　　也有例外,我说的这个游医确有绝学。

　　游医只在元城一带,也不用吆喝,都认识他,患病的人家见了他便把他请到家中。游医最擅长的是妇女病,什么崩漏、经血不调、瘙痒、乳房疙瘩,经他把脉调治很快就能痊愈了。

　　元城城里那些悬壶济世的名医对于游医是嗤之以鼻的。还有那些有钱人家,不到万不得已,也是看不起游医的,找游医的大多是贫寒之家。

　　游医操外地口音,一缕长髯飘洒胸前,墨一样黑。看似长着,仔细端详了原来年龄并不大,是一个俊朗的后生。游医看病,将两根手指轻轻搭放在妇人的手腕上,目不斜视,面如止水,从来没人见他笑过。除了说病情,一个字也不多说,然后留下一张处方,拿了患者的赏钱,背上褡裢便出了门。

　　那一缕长髯是有来头的。妇人家看病羞于将私处示人,更何况面对的是一个漂亮的后生,就掩着脸推脱,甚至拒绝。有一次一个妇人羞怯怯地脱去上衣,玉乳高耸跳了出来,竟把游医看呆了,哪里见过这

么白皙丰硕的尤物啊!

主人家一记耳光,游医看到满天繁星,猛然醒悟。

从此,游医来到元城,蓄一缕长髯遮掩轻浮。

这一天夜里,元城知县郭大开的娘子腹痛难忍,找来名医刘大夫。郭大开正为一桩案子缠着手,看到刘大夫掀开帷帐,在烛光下解开娘子的腰带,在洁白如玉的小肚子上揉来揉去,牙床子像灌了醋一样发酸,没好气地说,治不好,老子就宰了你。

刘大夫吓得哆哆嗦嗦,额头上渗出了汗水,手指停止了揉搓,战战兢兢地开了一服药方,让丫环取药煎药。知县娘子服下了,依然疼得要命,在床上翻来覆去地号啕。郭大开让人把刘大夫绑在廊檐柱子上,又去请另一位名医。

时间不长,绑了七八个。

就有人推荐了游医。郭大开是不相信野大夫的,可是元城的大夫快让他绑完了,无奈之下,只得差人去请游医。

游医望着捆绑在廊檐下的大夫们,向郭大开躬身施礼说,惊吓之中,本领再大的大夫也开不出良方,恳请大人先放了这些大夫,我保证医好夫人的病。小人有言在先,不打妄语,否则你就直接把我绑了吧。

郭大开正在火头上,可是再急也没办法,夫人已经奄奄一息了,只有死马当作活马医了。

郭大开下令放人。那些大夫们被松了绑,并不敢走开,双手扶着廊柱,两条腿像筛糠。

游医看看知县夫人的舌苔,又搭脉片刻,让人速速找来一只螃蟹和四个柿子,命令丫环帮着让夫人吃了。

柿子配螃蟹有剧毒,乃是大忌啊,别说是大夫,一般人都晓得那可是万万吃不得的。廊檐下的大夫们一个个摇头叹道,夫人命休矣。

过了一会儿,知县娘子在床上打起滚来,腹内咕咕作响,疼痛如

进，排泄不止。郭大开见状，怒不可遏，一脚踢向游医。游医倒在地上，疼得嘴里咝咝吸气说，夫人空腹吃了柿子，腹内积有柿石，非剧毒不可排泄。

郭大开犹如醍醐灌顶，上午买回一兜鲜柿子，夫人吃得不少。

这时候，天蒙蒙亮，知县娘子不疼不叫了，已经缓缓站起身来。慌得郭大开向游医躬身施礼。

廊檐下的名医们看呆了，都管游医叫老师。至今，元城的中医还供奉着游医的神位。

绑　票

○史留昌

　　父亲学医出师后，就在许田开了一小爿名叫聚德堂的中药铺。当时的许田，虽不是一个重镇，却因曹操逼汉献帝在此围过场射过猎而闻名历史，镇上也颇为繁华，三教九流应有尽有，是许州以东的一个繁华集镇。

　　父亲出身农家，深感迈进医家之门不易。因此，他学徒格外尽心，深得老师喜爱，老师把自己的医术几乎全部传授给了父亲。父亲天资聪明，对老师的医术不断发扬光大探索创新，因此，很快成了方圆百里的一代名医。父亲有几手绝活，成为聚德堂的立铺之宝，如诊脉、拔毒、治偏瘫、治脚气、治性病等。那时性病叫梅毒，父亲治一个好一个，被周围的群众称道。说起治梅毒，那才叫残忍，父亲先让患者脱掉下衣，躺在病床上，然后用绳索把患者的手脚腰身捆死在床上，最后用鸡毛羽蘸着调好的药水往患者的患处轻轻抹去。那患者的腐烂之处一接触药水，立刻化为浓血，露出里面鲜红的好肉。父亲又用配好的药面撒上，不出一时三刻，疼痛即止，再过六七天，患处即可痊愈。残忍之处在于父亲用药水抹患者患处化为浓血的那个时间段，让人疼得死去活来，叫喊之声撕人肺腑。有听见的人比喻说，那叫喊之声比过年杀猪的嚎叫之声还要过之。说实话，父亲的这一绝活儿，为药铺带来

不少生意。那时是上世纪三十年代，军阀混战，盗匪四起，天下大乱，一片黑暗，梅毒也在腐蚀着那些残兵孽匪公子王孙。所以，药铺的生意也颇为红火。

一天，父亲正在药铺坐诊，蓦地从外面闯进一大汉，那大汉头戴黑礼帽，身着黑绸衣黑绸裤，足蹬黑圆口布鞋。他一进药铺，从腰里掏出盒子枪啪地一声放在柜台上，高声喊道，看病。父亲忙站起笑着应道，先生看啥病？大汉仍高声道，看……父亲明白了，急忙扫净病床，拿出绳索。大汉一见又道，少来这一套，关云长刮骨疗毒还谈笑风生，你这点小医术算个啥！老子就躺在长凳上让你治病。父亲好说歹说，大汉躺在长凳上，让父亲用绳索捆住了他的腰。父亲开始为他治疗了。当药水抹在他的患处时，他大声哼了起来；当那患处开始化为浓血之时，他就嚎叫起来；当父亲为他撒药面时，他忍不住了，呼地带着长凳站了起来，拿起盒子枪指着父亲大骂道，你想害死老子！父亲一见此景，转身就逃。他背着长凳就追父亲，边追边喊，老子毙了你！老子毙了你！他因背着长凳不便，最终没有追上父亲。等到天黑父亲摸索着回到药铺时，药铺里的一应物件已被砸了个稀巴烂。

此事过去几个月后，父亲出诊走到曹操的射鹿台那里被绑票了。父亲被黑布蒙着眼睛带进了一个村子，关进了一间黑屋。第二天，父亲被拉到了一个打麦场，那里已并排站着十几个被绑票的人，周围尽是扛着长枪拿着短枪的土匪。当第一个肉票被拉出来时，一个像头头的土匪问道，家里几亩地？有生意没有？那人扑地跪在地上，磕着头说，老总，饶了我吧，我是个穷人，靠扛工过活，家中还有一个八十多岁的老母。他的话音还未落，那个头头说，撕票！一个土匪手中的铡刀呼地抡了过去，一颗人头一下子滚到了一丈开外的地方。轮到问父亲时，父亲大声喊道，我是个医生，我家有药铺，许州还有几处生意。于是，父亲又被送回到了那间黑屋等待赎票，开价是二百块大洋，五天后

的上午大洋不到,午时三刻撕票。这天天刚擦黑,只见一个土匪前来开门。他身着黑衣黑裤,手里提着一把龙头大茶壶。他细看了父亲两眼说,走,给老子打壶水。父亲接过茶壶,一声不吭地跟在他后边。他一直把父亲带到了村外,忽地一个急转身,狠狠地朝父亲的屁股上跺了一脚,一下子把父亲跺倒在了路边的高粱地里,并狠狠地骂道,还不给老子快滚!父亲明白了,爬起身来一下子钻进了漫无边际的高粱地。紧接着,他听到身后传来了两声枪声。

父亲晕头晕脑地在高粱地钻了一个晚上,直到第二天中午,才满头高粱花子满脸血道子地摸回了家。回到家里,他手里还傻子般地提着那把龙头大茶壶。魂定之后,父亲盯着那把龙头大茶壶发呆:那人是谁?昨晚救命,是不是那位治梅毒的土匪病好之后来报治病之恩呢?

神医大招牌

○张振旭

城南开了一家"神医馆",坐诊的医生是位鹤发童颜的老者,一派儒雅风范。他自封"神医",服务范围一栏写得清清楚楚:神医在此,悬壶济世,内外妇儿,疑难杂症,均是本神医诊疗范围。

虽然牌子挂出去了,但人们只是好奇地看了看招牌,朝店内望一望,然后转身就走了。这年头,糊弄人的把戏让人眼花缭乱,防不胜防。

就这样,一天,两天,三天……很快半个月过去了,根本没有人登门看病。

有个姓贾的患有"心口痛"的病,多方求治,无见寸效。这天,怀着好奇心和碰运气的心理,他走进了"神医馆"。神医问了问病情,就招呼徒弟小方诊治。姓贾的愕然,神医笑着解释:"除非病得基本无法医治,我才会亲自诊治,这是我们这个行当的规矩。你的病让我徒弟看,也是游刃有余的。"说完,吩咐小方诊病。

说来奇怪,姓贾的经过小方的调治,很快就病愈了。他也成了给他们宣传的活广告,一传十,十传百,很快病人多了起来。小方不愧是神医的徒弟,很多顽疾,他能明确诊断,对症下药,患者病情极速好转。这样,"神医馆"生意十分兴隆。

可奇怪的是，神医从来不诊病，只是称药、包药，诊病业务全由他的徒弟小方代劳。人们本来是冲着"神医"来的，心里就有点不太舒服。有人提议说："烦劳神医给我诊病吧！"神医微笑着说："我的徒弟小方诊治不好的病我才动手诊治，这是我们的行规。"久而久之，人们也就习惯让小方诊治了。

很快，三年过去了，神医跟小方告别，说要回老家养老。原来，神医只是小方雇佣的一位退休教师。

小方出生于中医世家，从小受到中医熏陶，对于中医理论与实践经验都很丰富。他中医大学研究生毕业后，考了职业医生资格证书，在源城租了门面，当个体医生。可对于这个年轻的中医师，人们根本就不信任，他纵有一身本领，也无法施展。后来，他偷偷暗访别的中医门诊，原来每个店里都有一个招牌：老中医坐诊。小方发现这个奥秘后，退掉租房，把门诊开在了廖新城，找到一位满意的老人充当"师父"，让他当"神医"招牌……

神医走后不久，"神医馆"的病源越来越少。小方诧异。

原来，北城开了一家"妙春回"诊所，病人都投奔那家诊所去了。

小方偷偷地跑到北城那家诊所去看个究竟。老远就看到诊所外竖起的诊疗范围的广告：疑难杂症的福音，癌症病人的福气。国内最著名的专家教授坐诊。

屋内围拢了一大帮求医问药的患者。

原来坐诊的医生正是小方的"师父"——神医。他近三年来，虽然只是给小方抓药，但耳濡目染得久了，也学到了一些中医诊病开方的皮毛。就这样，他自己单干开业了，生意很红火，因为他才是人们心目中的"神医"。

赤脚医生

○墨　白

　　有一个电影叫《春苗》,写的就是农村赤脚医生的事儿。记得上小学的时候,我们成群结队地去田间小道上拾蒺藜,割青蒿,去坑塘里捞浮萍,去河水里捞杂草。那些都是中药,我们每个人都有任务,晾干后要交到大队医疗室里。医疗室门前的空地上放着堆积如山的中草药。后来读《本草纲目》,才知道现在能吃的东西几乎都是中药,许多不能吃的东西也是中药。

　　我们大队里的赤脚医生有好几个,给我印象最深的就数吴青云了。他长一口黄板牙,好吃生蒜,放个屁是蒜气,就别说他呼出的气息了。他要是给男人打针,男人就把脸转到一边去,那就别说女人了,女人们更不会让他往自己的屁股上打针。吴青云之所以能当上赤脚医生,一个原因是他在部队上喂过三年猪,会给猪打针。他转业回来的第二天,在街上见到了他二大爷。二大爷说,啥时候回来的?吴青云说,昨晚。二大爷一听就生气了,妈那个×,才出去两天就学洋了,坐碗,你还坐盆呢!别人问他,青云,在部队上干了几年,当个啥干部?吴青云说,他妈的,班长以下的干部。吴青云的故事在我们那儿广为流传。吴青云能当上赤脚医生的第二点是因为他会治黄疸病。

　　我们颍河镇北边有一个名叫苏堂的村庄,村子里住着一个姓苏的

老太太。早年间老太太的男人得了黄疸病,后来又成了肝炎,黄疸带上肝炎,就很难治。老太太拉着自己的男人山南海北地去看,最后也没能把她男人从病里扒出来。常言说久病成医,最后那个老太太就成了远近闻名的医生,赤脚医生。那个老太太是吴青云的二姨。吴青云治黄疸病的药都是从他二姨家里偷来的。他二姨家制成的治黄疸的药丸一筲箩一筲箩地都晾在院子里。常言说,家贼难防,二姨会防她的外甥? 所以吴青云就成了赤脚医生。能使吴青云成为赤脚医生的是我们那儿的老中医曹老仙。多年以来曹老仙都想弄明白苏老太太治黄疸病到底用的是哪几味中药,后来吴青云就把那些黑丸子药送到了曹老仙的手上,但他到死也没能分析出来。

多年前的一个秋天我回老家。刚坐船渡过河,就有一个中年人迎上来,他笑容可掬,我一眼就认出了他是吴青云,但他却不认得我。他说,客从哪儿来? 我说,有事吗? 他笑了,说,去苏堂吗? 我笑了,明白了他的意思。在苏堂南边和北边的公路上,都站着这样的人,为的是迎接从远方来的求医者。他把你迎住,然后带到苏老太太那儿。苏老太太看病从来不收钱,只收礼。远道来的投医者都要在村上的小卖部里买些东西掂着。那些把你带到老太太那儿去的人家里大都开着小卖部,他也不要你的酬谢,你只要买他的东西就行。吴青云后来就干这个行当。听母亲说他在苏堂找了个媳妇,倒插门过去了,就在他二姨家不远的地方,所以他家也开了一个小卖部。客人送到他二姨家的礼品后来又都回到了他的小卖部里,等着下一个客人来头。

我有一个朋友,是个医生,他说,那很简单,只不过是一个治黄疸病的验方,几味中药,磨碎,做成豆粒大小的黑丸,就成了。说着他在一张纸上写了几味中药:茵陈、土木贼、星星草、豆杆灰、霜打的红芋面、车前子、再加上白糖。我说这可是秘方。我的朋友笑了,他说,什么秘方,药书上都写着呢。就这么简单,大凡识字的中国人,从《本草

纲目》里摘几个验方出来,或许都能做医生,赤脚医生。李时珍了不起,教给了无数人养家糊口的本领。所以中国能人多,在医生前面又加上"赤脚"两个字,很新鲜,也很革命化。赤脚医生是"文化大革命"的产物。文化革命在三十多年前就结束了,所以赤脚医生这个词对现在的年轻人来说也一定很新鲜。

有一次我回故乡,听说那个苏老太太去世了。在码头上我也没有见到迎客的吴青云。他可能是接了他二姨的班,成了一名真正的赤脚医生。因为吴青云在我们颍河的河套里还有二亩地,农忙的时候,他还得到地里去劳作。

名　医

○丘脊梁

　　在湘东连云山区,越秋先生算是一代名医。他十五岁跟随湖南名医、长沙同康堂主范秉礼老先生学技,九年方出师门。回到山区后,即以精湛的医术、方正的人品赢得了甚隆的声名。民国十九年,他又与师弟黄谋一道,投身革命,在江西红色医院担当主治数载,使医术更为纯青,后因红军长征途中散失,才回到连云镇上坐堂开诊,悬壶济世。

　　越秋先生为人谨慎,把脉开方,总是斟酌再三,绝不草菅人命。因而等闲小恙、疑难杂症,无不方到病除。乡人感其救死扶伤之恩,托村中学究书“越人再世”牌匾相赠。接牌当天,越秋先生召集徒子徒孙,告诫说:乡民们把我比作古时名医秦越人,实是有愧,从今往后,我等唯有更加细之又细、慎之又慎,才能保住这个名节啊。

　　时光流逝,越秋先生数十年如一日,孜孜研读医书,细心诊断开方,总算是无愧于那块牌匾。而名医的称号,在山区也就愈来愈响亮。乡人有病,凡经越秋之手而未愈者,虽死无憾。

　　有一年春,越秋先生六岁的爱孙忽地得了一种怪病,下肢肉腐、筋烂、两脚焦黑似炭烧,不能行立。越秋先生细细辨证论治,认为孙儿是脾肾阳虚,四肢失于温养,复感寒湿之邪,气血凝滞,经络阻隔,寒邪郁久化热,湿毒浸淫所至,遂以阳和汤治之。然开方服药数日,毫无起

色,不由着急起来。他秘密召集所有徒子徒孙,一同会诊,结果看法不一,各执己见。越秋先生烦躁至极,打发走徒众后,便一头钻进医古文和自己行医几十载所记的病札中,结果还是头绪难理。抬头望了那块"越人再世"的大匾,越秋先生不禁羞愧难当,赶紧收拾行囊,私下交待家人速速去请别的医生来诊治,自己则为了保住名节,躲往长沙。

家人遵嘱去请临县的另一名医,名医哂笑:越秋先生一代名医,未必还治不了爱孙的一个小病?家人忙满脸通红解释:适逢先生远行,未在家。名医才应诺前往。名医望闻问切一番后,笑笑说,不碍事不碍事。随即挥毫书方,令家人抓来煎好,然后全然不顾病儿手脚乱蹬,凶嚎死哭,用竹筷撬开其门牙,一勺勺灌服下去。一连数日,天天如此。病儿母亲看到小孩其状甚苦,心痛欲绝,数次央名医停下,名医却不理睬,若无其事,照样操作。七天后,病儿的下肢便结痂了,又过了几天,痂落新肉长出,名医笑笑说,好了。随即离去。

越秋先生闻讯后匆匆赶回,看到康复的孙儿,不由长长嘘了一口气。他急切地要家人把名医的药方拿来,一看,却是阳和汤,与自己先前所开并无任何差别,不由大疑。这时媳妇战战兢兢过来向他认错,原来媳妇见儿服药痛苦,偷偷把药倒了。他以为公公会另有高招治好的,没想到弄成这样,她求公公原谅她的大错。越秋先生听罢,摇着头说,大错在我,大错在我啊。随即,他让家人把那块"越人再世"的牌匾取下,换上他亲笔写下的"慎耕杏下"的中堂。中堂贴得端端正正,越秋先生左看右看,却总感觉它似乎贴歪了。

外婆中医

○李抗生

她，人称"外婆中医"，八十多岁了，又不缺钱用，却还在坐堂问诊。在她面前看病，就像和外婆谈心。不论病人对病情再怎么唠叨，她都会含笑点头，饶有兴趣地听完，然后，望闻问切，一片春风夏雨。

最近她突然感到身体不适，院方劝她退下来算了，她也想退了，但她说，她要把已预约了的患者全部看完，她职业生涯的句号不能在最后时刻画瘪了。

最后一名预约患者是个农村高中生，他得了一种"怪病"，看一会儿书，眼前就出现许多游弋的幻影，学习效率急剧下降，成绩如高台跳水，由前几名落到倒数第几名。陪他来的母亲说，家中的母鸡和鸡蛋全给他吃了，也不见好转。年三十还有几天，过了年，他就要上高三下学期，眼看高考在即，家里人心急如焚。

这个病"外婆医生"有把握治，恰好她学生时代也得过这个"怪病"，服了中药后彻底治愈，后来她就立志学中医。药方仍保留至今。她对高中生说，我要给你开的药方很便宜，乡里到处都可以抓到药，只是药特别苦，开始吃时会呕吐不止，坚持几次就好了；药材煎熬的方法也有点特别；药方隔一段时间要微调一次，服几个月就可彻底治愈。母子俩说，只要能缓解症状考上大学，再难的事都能做到。

她又叫他俩明天来拿药方。母子俩有点纳闷,医生都是当场开药的,这位老中医却卖关子,她葫芦里卖的是什么药?

老中医回到家中,翻箱倒柜,找出一只竖式牛皮纸陈旧信封,再从信封中抽出一沓更加陈旧的纸,黄色宣纸,约十六开大小。上面全是繁体草书,是用毛笔书写的药方。字体直行排列,从上到下,从右到左。

她开了个夜班车,将药方译成简体字,把计量单位"两""钱"转化成"克"。从左到右,从上到下,重新横式排列,誊写在医院的处方笺上。誊完后,她突然体验到一种前所未有的衰竭感,她知道,该好好静休的日子到了。

第二天,她将首副药方交给母子俩,叮嘱道,服药二十天后给她写信,介绍服药的反应和病情变化,但一定要讲真话,尽可能写详细一点。她会及时回信,寄第二副药方。以后每次都这么办。她问高中生,你给我写信,就当作高考作文热身如何?高中生说,您的主意好,一举两得。

高中生在毕业前彻底治愈,他前后给老中医写了六封信,老中医也按时回了六封信,开了六副微调药方,她首封回信的内容是这样的:"来信已阅,苦药你已适应,病情也有所好转,我颇感欣慰!兹寄上这一轮微调药方和煎熬方法。祝早日康复!"字体飘逸潇洒,落款的签名更是龙飞凤舞,令人拍案叫绝。高中生说,看她的书信,像看大师的书法作品,赏心悦目,美不胜收,简直是一种艺术享受。她最后一封回信的结尾有所变动:"祝高考金榜题名,学成后报效社会!"

高中生决心报考老中医所在的中医大学。他如愿以偿地被录取了,到大学报到后,他要去面谢老中医。按照信封上的地址,找到了她的家,在一个小区的一楼。他按下门铃,听到房内发出清晰而柔和的叮当声,但无人开门,他反复按了几次,结果一样。他顾不得礼貌,用

手稍用力地敲门,结果仍一样。她到哪里去了? 他想,物业保安也许知道。

"老太太到天堂里去了,走了有几个月了。"门卫保安说。

"啊? 这不可能!"他大吃一惊,大声地抗议着。他手头上有真凭实据,证明她没死。

"死人的事哪个敢造谣? 那是要遭天打雷劈的,不信你去问她女儿。"

按照物业提供的地址,他在小区的另一栋楼里找到了她的女儿,一个头发已花白的女人。他自报家门后,对方已明白来意,她将事情的原委和盘托出。

我母亲是医生,对健康有自知之明,那晚,誊写完药方后,就自知来日已不多。她就利用那几天,一次性地将七封回信、六副微调药方及信封提前写好,连落款处的"月"和"日"二字都已写在信里,并交代我,收到来信后,只要将回信的日子,在"月"和"日"前填相应的阿拉伯数字就可。要及时将回信发出。以后每次都这么办。

只有一封信至今未发,上面是这样写的:"实在抱歉,我已无能为力,请另请高明!"万一,你的来信说,服药后病情恶化,我母亲就叫我回这封信。

我含着泪对母亲说,她百年后,我代她回信。她说,我不懂中医,怕回信语言不专业,或因笔迹不一使你看出破绽,顿生疑虑,动摇甚至放弃治疗,最终耽误你的前程,故此。

大学生哭了,他说,我要到老奶奶墓地去祭拜。她说,我母亲没有墓地,你上《人体解剖学》时,在人体解剖实验室里,会看到她捐献的遗体。

大学生再一次失声痛哭。

兽　医

○王海椿

兽医鲁小桐，宿迁人。

鲁小桐生于书香门第，祖父是清朝一个举人，父亲也是当地颇有声望的塾师。耳濡目染，鲁小桐很小时便熟知唐诗宋词、"三国""红楼"了，作文也时有华章妙句。父亲大喜过望："汝必成大器也！"

鲁小桐长大后，却不喜风花雪月，整天抱着佶屈聱牙的医书啃，而且多是医兽之书：《神龙本草经》《元享疗马集》《抱犊集》《养耕集》……一本又一本，乐在其中。

后来，鲁小桐真的背起药箱，骑着毛驴，走村串户地行医了。

当个医生也未尝不可，可为啥偏要当个兽医？其父大伤脑筋。

鲁小桐为何偏爱兽医这一行，确实说不清。《宿迁医人录》中说鲁小桐："幼爱畜，喜与鸡鹅戏，常为兔捕虱，为马理毛，其观牛舐犊之状，尤憨。"我想，这也许算得上是一点佐证。

有一回，埠子镇段万金的管家找上门来。段万金是有名的富户，家有数百头牛马。没等管家开口，鲁小桐便问："是牛是马病了？"管家说："不是牛也不是马。"鲁小桐说："那找我做啥？"管家说："我家老爷养的小皮将病了，请你前去诊治。"鲁小桐听了哭笑不得。"小皮将"是宿迁方言，即蟋蟀。鲁小桐说："你家老爷真会开玩笑，这蟋蟀

不在五禽六畜之中,我如何能治?"管家急了:"这小皮将是我家老爷花大价钱买的,他请你无论如何去一趟,价钱嘛,不会低于你医一两头牛马的。"鲁小桐听到这话更不高兴了:"不要再说了,我是不会去的。"

管家知道再求也没用,只好回去,在门外咕哝了一句:"都说他的手艺如何了得,连一只小虫子都没法治。"

谁知管家前脚到家,鲁小桐后脚也到了——管家发的牢骚鲁小桐听到了,他不服这口气。

段万金捧出瓦罐,蟋蟀有气无力地躺在里面。鲁小桐将蟋蟀捧在掌心,翻来覆去看了一会儿,用手指点点蟋蟀的头(管家在旁边想,这是量体温哩),又摸摸蟋蟀的腿(管家在旁边想,这是号脉哩),接着将瓦罐中的虫食倒在一方纸上观察了一番,配了一服药。

当天夜里,段万金在梦中被一阵"叽叽"声吵醒了,不用说,小皮将的病好啦!

一些黑道上的人贩运私货,免不了用骡马。骡马病了或是铲蹄打掌,都来找鲁小桐,鲁小桐也不怠慢。一般是夜里有人轻拍两下门,鲁小桐就知道黑道上的人来了。黑道上的人怕被外人注意,不便点灯,鲁小桐只能摸黑为他们医马医牛,没有一定功夫是不行的。诊治过后,不给钱他也不要,多给钱他也不收,倒使他在黑道人中有点口碑。曾有几个蟊贼到鲁小桐家"砸黑窑"(抢劫),第二天夜里又一样不差给送回来了,还留了张条子:"冒犯侠医,乞谅!"

还有一个来找鲁小桐看马病的人叫康仁先。康仁先是个医生,他虽然来找鲁小桐看马病,但他瞧不起鲁小桐,常在背后说,兽医在行医人中是最下等的,春秋时《周礼》中就这么排了。医生是职业,兽医只能叫手艺。铲铲驴蹄,劁劁猪羊,只能是末流人干的事。对此,鲁小桐也有耳闻,但康仁先来医马,他仍是悉心诊治。

有日康仁先来治马时和鲁小桐闲聊，康仁先说："听说你和黑道上的人来往密切，常替他们治马骡，可真是生财有道啊！"鲁小桐淡淡地说："医生的职责是救死扶伤，兽医也是医生。我只管治病，不管其他的。"末了，又补上一句："总比有的人故意行恶强吧。"说得康仁先讪讪地走了——康仁先心中有愧，他为了捞钱，常将人家的小病拖至大病治，还常借行医之便，勾搭良家妇女，弄得人家家庭不和。

那个时期，正是日寇在宿迁疯狂的时候，有回三棵树乡游击队将新四军伤员秘密护送到康仁先诊所治疗，康仁先表面上全力救治，暗里却将这个消息报告了日本人。几个新四军伤员被鬼子抓去后施以酷刑折磨死了。

这天，康仁先来看马，鲁小桐照样热情接待。开药后，康仁先牵马欲走，鲁小桐突然盯着康仁先的脸看了好一会儿，康仁先被他盯得有点不自在，问："你看啥？"鲁小桐说："你好像有病。"康仁先一惊："真的？"旋而觉得此话不妥——鲁小桐是兽医啊！他讪讪一笑说："我吃得好睡得好，玩得也好，何病之有？我说鲁医生，你只能看看马驴。"

鲁小桐说："人吃五谷杂粮，牲畜也吃杂粮五谷，有时人畜病理是相通的，这一点想必你比我清楚吧？"

康仁先被他说得将信将疑，牵着马往外走。还没出院门，康仁先"哎哟"一声倒下了。后背插一把刀子，是兽医用的手术刀。

康仁先转过头来，吃惊地看着鲁小桐。

鲁小桐往康仁先脸上泼了一盆马尿，冷笑着说："你这种病，只配我这个兽医来治！"

东窗和西窗

○沈祖连

这个诊室共有两张桌子,东窗一张,西窗一张。东窗坐着老成持重的廖医生,西窗坐着生性聪颖的李医生。

廖医生的桌上立个牌子,牌子上书:"主治医师诊病收挂号费三元",诊桌的一头,摆了厚厚一沓病历本。

李医生的桌上也立个牌子,牌子上书:"医生诊病收挂号费一元",诊桌的一头,也摆着厚厚的一沓病历本。

窗外走廊上等待着三十多名心急如燎的候诊者。

东窗外一口鱼塘,鱼塘边绿柳成荫,空气清新。廖医生开初也不坐这里,这是老主任的位置,老主任退了,廖医生升了主治医师,便坐到了这里来。他喜欢鱼塘的清新。

廖医生开始叫号:"一号。"

便有个中年妇女应声进来。中年妇人一脸蜡黄,但眼神挺光,这是激动的神采。是的,在这个诊室,在这家医院,能得到廖医生诊病,无异于拿到了康复证,谁不激动?

妇人欠身坐在东桌的横向,把左手伸出,搁在桌子的白垫布上,虔诚地让廖医生把脉。廖医生却没有马上号脉,鼓着眼凝视了妇人一会儿,拉家常一样地问:

"大嫂,觉得哪儿不舒服?"

"右腹部胀痛。"

"多久了?"

"五六天了。"

然后伸出三根竹枝一样的手指,把定妇人手腕,寸关尺号了五分钟,再换右手,正好又是五分钟,然后:

"请伸舌头。"

妇人把条黄舌长长地伸出。廖医生视过,点了点头,又叫妇人到里室的木床上躺下,对着剑突下软腹,重按轻按了一会儿,复又出来,到洗手池里洗了一番,然后坐到诊桌前,翻开病历,一丝不苟地写着,那严谨的神情无异于写一篇学术论文。然后才拿出处方笺,川芎白芷黄芪赤芍柴胡木香写了一页,工工整整地签上"廖旺锦"三个字,郑重地交给妇人。

正好四十分钟。

廖医生才又站起,重到洗手池,洗过手,干毛巾擦了,朗声叫道:"二号。"

西窗外没有空地,对面便是酱料厂,中间隔不过两米。在这里看不到春燕戏柳,见不着鱼跃浅水,也没有清风徐来,但医生之初都坐这里,李医生也明白,这只是个过渡:医生过渡,人生过渡。到廖医生叫二号时,李医生已叫到了八号。

八号是个小伙子,随声坐在桌边的椅子上。

"哪儿不舒服?"

"头。"

"咋了?"

"疼,睡不着。"

"怕是失恋了吧?"

小伙面一红。李医生稍一号脉，便抓到了症结，白术远志桔梗茯苓刷刷地写了一页，龙飞凤舞地署上"李云光"便算完事。

看看不到五分钟。小伙子轻松地跑向了药房。

西窗的病历在一本本地减少。

一位大叔总在进进出出的，坐也不是，站也不是，显然是等得心急了。只见他狠吸了口烟，来到廖医生的跟前："廖医生，我有急事，能不能让我先看一下？"

廖医生正在诊病，不作回答，旁边的人却像开了锅：

"你急，谁个不急？"

"你要先看，怎么不早来，占个头号？"

"我天还没亮就来排队了，这还轮不到呢，你急！"

这时，廖医生才开了口："要快，到那边去吧。"

便有人抽出了病历："不好意思，廖医生，我没空儿等了。"

"去吧，该去的就去吧。"廖医生眼睛也不抬。

既然有人开了头，跟着便纷纷地抽出了病历本，陆续地投到了西边的诊桌上。李医生的负担明显地增加了，可面上却现出了得意的红光，口里却说："慢慢等吧，不要都挤到这边来，我这没有什么大病可医哦。"

听到这话，廖医生才抬高了眼，一束死光从老花镜片上向西边射了过来："看病就看病，哪来这么多的怪论。"

李医生缄默了一下："我说的是实话，不见他们一开始抢着去排队？现在可好，一个个又都……"

"后生人不要把尾巴翘上来，山水才看两脚泥，治病是儿戏不得的，医生的名誉是以治好人为前提的。"

"那是那是。"李医生有点滑滑地，"向老医生学习。"

不一会儿，李医生桌上的一摞病历便没有了。病友们欢快地拿到

了药,回去说不定还可以上个半班或买个菜下个米。

廖医生才叫四号,看看已十一点,还有半个小时便下班,门外的候诊者不由急了。廖医生可不急。诊病可是人命关天的事,能急得吗?看一个处理好一个,便减少一个的痛苦。廖医生的治愈率在同行之中是独占鳌头的。多年来,他便是以此赢得了崇高的声誉。

剩下的人等不及了,只好把病历从东桌搬到了西桌。到十一点半,全部病人都诊到了病,拿到了药,各得其所地离开了卫生院。

下班时,东窗廖医生的挂号单是五,西窗李医生的挂号单是四十二。